AF175964

Heinz Ortin 2

Licht und Finsternis

Von Markus Zemke

www.bod.de

Bibliografische Information der Deutschen Nationalbibliothek: Die Deutsche Nationalbibliothek verzeichnet diese Publikation in der Deutschen Nationalbibliografie; detaillierte bibliografische Daten sind im Internet über www.dnb.de abrufbar.

1. Auflage, 2023

© 2023 Markus Zemke alle Rechte vorbehalten.

Herstellung und Verlag

BoD - Books on Demand, Norderstedt

www.bod.de

ISBN 9783752891881

Inhaltsverzeichnis

Die Vorbereitung auf den Kampf

Heinz hatte sich den Tempelwächtern angeschlossen und seine Ausbildung unter der Obhut der tapferen Krieger fortgesetzt. Nach dem erfolgreichen Bestehen seiner Prüfung im Nichts hatte er sich als würdig erwiesen, an ihrer Seite zu kämpfen. Nun stand er vor einer neuen Herausforderung, denn die Tempelwächter bereiteten sich darauf vor, gegen die gefürchteten Uedkult in die Schlacht zu ziehen.

Das Lager der Tempelwächter war ein geschäftiges Treiben. Krieger rüsteten sich, Waffen wurden geschärft, Rüstungen angelegt und Pferde gesattelt. Heinz marschierte durch die Reihen der Soldaten, eine spürbare Anspannung lag in der Luft. Die Stimmung war entschlossen und kampfbereit, aber von einer gewissen Nervosität geprägt.

Heinz schritt weiter durch das Lager, und hörte das Klirren von Waffen und das Schlagen der Hufschmiede. Überall sah er Krieger, die sich auf den bevorstehenden Kampf vorbereiteten. Einige übten ihre Kampftechniken, andere meditierten, um ihren Geist zu stärken. Es herrschte eine Atmosphäre der Entschlossenheit und des Zusammenhalts.

Der Geruch von rauchendem Holz stieg ihm in die Nase, als er die Feuerstelle erreichte. Hier saßen die Krieger um das lodernde Feuer und teilten Geschichten vergangener Schlachten. Sie stärkten sich mit Nahrung und teilten ihre Gedanken über die bevorstehende Auseinandersetzung.

Eine laute Stimme unterbrach die Stille: „Heinz, komm her!" Der Anführer der Tempelwächter, ein erfahrener Krieger mit grimmigem Gesicht, rief Heinz zu sich. Er trat vor und salutierte. „Ja, Anführer?"

Der Anführer zeigte auf eine Bogenschützin, die neben ihm stand. Sie war von eindrucksvoller Schönheit, mit flammend roten Haaren und einem selbstbewussten Blick. „Das ist Lysandra", sagte der Anführer. „Sie wird deine Partnerin im bevorstehenden Kampf sein. Ihr werdet als Bogenschützen-Team agieren und die Feinde aus der Ferne bekämpfen."

Sein Blick fiel auf Lysandra und sein Herz schlug schneller. Es war, als ob ihre Augen ein Geheimnis verbargen, eine innere Stärke, die ihn faszinierte. Er nickte und sagte: „Es wird mir eine Ehre sein, an ihrer Seite zu kämpfen."

Lysandra lächelte leicht und nickte zurück. „Wir werden eine starke Einheit bilden, Heinz. Gemeinsam werden wir den Feinden standhalten und unseren Tempel verteidigen."

Heinz und Lysandra schauten sich tief in die Augen, wobei eine unbestimmte Spannung in der Luft entstand. Die Tempelwächter bereiteten sich auf den bevorstehenden Kampf vor, und Heinz stand eine neue Herausforderung bevor: Er musste nicht nur gegen die Uedkult kämpfen, sondern auch die Geheimnisse und die Anziehungskraft von Lysandra entschlüsseln.

Schatten der Nacht

Das Mondlicht tauchte das Lager der Tempelwächter in ein silbernes Leuchten, als Heinz und
Lysandra sich zurückzogen. Der Tag der Schlacht
war nah, und die Anspannung lag schwer in der
Luft. Doch inmitten der Dunkelheit der Nacht
konnten Heinz und Lysandra für einen kurzen
Moment Ruhe finden.

Heinz führte Lysandra zu seinem Zelt, das
bescheiden, aber dennoch gemütlich war. Das fla-
ckernde Licht einer Kerze erhellte den Raum und
warf tanzende Schatten an die Zeltwände. Heinz
sah nach draußen, und ihn durchdrang unmittel-
bar die spürbare Präsenz des bevorstehenden
Kampfes.

„Es wird eine harte Schlacht werden", sagte er
leise zu Lysandra. „Aber wir müssen uns auf das
konzentrieren, was vor uns liegt, und gemeinsam
stark sein."

Lysandra nickte zustimmend und blickte in seine
Augen. „Ich vertraue dir, Heinz. Wir werden Seite

an Seite kämpfen und unseren Feinden die Stirn bieten."

Ein plötzlicher Schrei durchbrach die Stille der Nacht. Heinz und Lysandra erstarrten. Etwas war passiert. Ohne zu zögern, griff Heinz nach seinem Schwert und stürmte aus dem Zelt, gefolgt von Lysandra, die ihren Bogen fest umklammerte.

Das Lager war in Aufruhr. Die Tempelwächter versammelten sich, ihre Waffen erhoben, um die Bedrohung zu bekämpfen. Heinz durchsuchte die Dunkelheit nach der Quelle des Schreis und wurde von einem beklemmenden Gefühl erfasst. Etwas war nicht in Ordnung.

Sein Blick fiel auf den Hauptmann, der leblos am Boden lag, umgeben von einem düsteren Schatten. Ein Uedkult hatte sich still und unbemerkt ins Lager geschlichen und den tapferen Hauptmann getötet. Heinz ballte die Fäuste, sein Gesicht wurde rot vor Wut, und seine Augen sprühten vor Entschlossenheit. Ohne zu zögern, stellte er sich vor seine Freunde, bereit, jede

Herausforderung anzunehmen, um sie zu verteidigen.

Heinz wandte sich zu Lysandra um und sah in ihren Augen die Bestimmtheit und den Mut. „Lysandra, wir müssen zusammenarbeiten. Ich kann dich nicht alleine lassen. Komm mit mir in mein Zelt, es ist der sicherste Ort."

Lysandra zögerte einen Moment, doch dann nickte sie entschlossen und folgte ihm in sein Zelt. Sie zogen die Zeltklappe hinter sich zu und kauerten eng unter der Decke, umgeben von Dunkelheit und der brennenden Sehnsucht nach Sicherheit.

Ihre Körper waren angespannt, ihre Herzen schlugen wild. In der Zwischenzeit überkam sie in diesem Moment eine seltsame Verbundenheit, als sie sich fest Umarmten. Die Welt draußen war von Krieg und Gefahr erfüllt, aber hier, unter der schützenden Hülle des Zeltes, waren sie allein und gemeinsam.

Der Wind heulte draußen und trug den Klang von Kriegsrufen mit sich. Heinz und Lysandra hielten einander fest, als ob sie versuchten, die Angst und Unsicherheit gegenseitig zu vertreiben. Die Minuten vergingen wie Stunden, und das Ticken der Uhr schien im Einklang mit den Schlägen ihrer Herzen zu sein.

Sie hörten Schritte, gefolgt von gedämpften Stimmen außerhalb des Zeltes und Heinz drückte Lysandra fester an sich und flüsterte: „Wir müssen leise sein und abwarten. Es sind unsere Kameraden."

Die Zeltklappe wurde vorsichtig geöffnet, und ein Lichtstrahl drang ins Innere. Eine Bogenschützin betrat das Zelt und sah mit ernster Miene auf Heinz und Lysandra.

„Heinz", sagte sie. „Wir brauchen deine Hilfe. Du musst sofort zurück zum Kampf."

Heinz fixierte die Bogenschützin, während sein Herz schneller schlug. Die Anspannung war in der Luft spürbar, wobei er die eisige Kälte des

Krieges, der draußen tobte, tief in sich aufnahm. Doch Lysandra klammerte sich fester an ihn, ihre Augen voller Sorge und Ungewissheit. Eine Entscheidung musste getroffen werden – zwischen der Liebe, die in diesem Moment in seinem Herzen aufblühte, und der Pflicht, die er als Tempelwächter hatte.

Das Erbe der Tapferen

Die Sonne stand hoch am Himmel, als die Tempelwächter in Richtung der nächsten Schlacht marschierten. Heinz und Lysandra gingen Seite an Seite, ihre Blicke fest auf das bevorstehende Gefecht gerichtet. Die Anspannung lag greifbar in der Luft, während sie ihre Schritte auf den unebenen Boden setzten.

Lysandra, mit ihren kristallblauen Augen, beobachtete jede Bewegung um sie herum. Ihre Sinne waren geschärft wie die eines Raubtiers. Sie hatte eine beispiellose Genauigkeit und Konzentration beim Bogenschießen. Man sagte, sie könne einer Ratte auf hundert Meter das Auge ausschießen.

Heinz bewunderte ihre Fähigkeiten und erkannte, dass sie ein entscheidender Vorteil in der bevorstehenden Schlacht sein konnten. Mit einem anerkennenden Lächeln auf den Lippen trat er auf sie zu und nickte respektvoll.

„Lysandra, ich habe eine Idee", sagte er. „Ich könnte deine Pfeile mit einer magischen Verstärkung versehen. Dadurch könnten sie mehr Schaden anrichten und sogar Felsen durchschlagen. Was hältst du davon?"

Ein Lächeln huschte über Lysandras Lippen, und sie nickte zustimmend. „Das wäre fantastisch, Heinz! Das könnte uns wirklich den entscheidenden Vorteil verschaffen. Lass uns sofort damit beginnen."

Heinz und Lysandra nahmen sich einen Moment Zeit, um die Pfeile mit magischer Energie zu versehen. Heinz konzentrierte sich auf jeden einzelnen Pfeil und übertrug seine Magie darauf, während Lysandra wachsam das Lager im Auge behielt.

Als die Pfeile bereit waren, schlossen sie sich wieder der Truppe an und marschierten weiter zum Schlachtfeld. Der Lärm des Krieges wurde lauter, und der Geruch von Verwüstung lag in der Luft.

Eine Schockwelle erfasste das Schlachtfeld, als ein gewaltiger Feuerball in die Reihen der

Tempelwächter einschlug. Heinz und Lysandra stürzten zu Boden und versuchten, ihre Kameraden vor den heranrückenden Uedkult zu schützen.

Doch inmitten des Chaos und der Zerstörung fiel Heinz' Blick auf Torben Johta, einen treuen Gefährten, der von einem Uedkult getroffen worden war. Sein Körper lag regungslos am Boden, und seine Augen waren erloschen.

Die Trauer überflutete Heinz, doch er erkannte, dass er in diesem Augenblick seine Stärke bewahren musste. Sein Blick fixierte die heranrückenden Feinde, und ein aufwallender Zorn durchströmte ihn.

Heinz kanalisierte seine Wut in den Pfeilen und einen nach dem anderen schoss er auf die Uedkult ab. Da erkannte er, dass sie immer zahlreicher wurden. Eine Übermacht, die unmöglich zu besiegen schien. Er bemerkte eine Bewegung am Rande des Schlachtfelds. Eine geheimnisvolle Bogenschützin, bereit, sich dem Kampf anzuschließen und mit ihren tödlichen Pfeilen das

Blatt zu wenden. Heinz' Augen trafen die ihren, und ein Funke der Hoffnung entfachte in ihm. Doch wer war diese Schützin?

Das Geheimnis des Sumpfes

Das Lager war von gedrückter Stimmung erfüllt, und Lysandra plante die Beerdigung für Torben Johta. Inmitten dessen überkam Heinz ein unbändiger Drang, dem nahegelegenen Sumpf einen Besuch abzustatten. Er hoffte, dort Antworten zu finden oder einen weiteren Verbündeten zu gewinnen, um den Kampf gegen die Uedkult zu stärken?

Die Luft im Sumpf war feucht und schwer, und der Boden war von schlammigen Pfaden durchzogen. Heinz schritt vorsichtig voran. Er richtete seine Sinne aufmerksam auf seine Umgebung.

Er wurde von einem leisen Geräusch abgelenkt, drehte sich um und sah einen jungen Mann, der aus den Schatten auftauchte. Es war ein Taschendieb, der in dem Sumpf sein Unwesen trieb.

„Was treibt dich hierher, junger Mann?", fragte Heinz mit einer Mischung aus Vorsicht und Neugier.

Der Taschendieb lächelte verschmitzt. „Der Sumpf ist ein fruchtbarer Ort für Diebe wie mich. Es gibt so viele ahnungslose Reisende, die hier durchgehen. Aber was hat dich hierhergeführt?"

Heinz überlegte einen Moment und beschloss, dem Taschendieb sein Anliegen anzuvertrauen. Er erzählte ihm von der bevorstehenden Schlacht gegen die Uedkult und von der geheimnisvollen Bogenschützin, die sie im Kampf unterstützen würde.

Der Taschendieb zog nachdenklich an seinem Bart. „Ah, die geheimnisvolle Bogenschützin. Ihr Name ist Amara. Sie ist eine Meisterin des Bogens und eine wahrhaftige Kämpferin. Sie hat viele Jahre in den Wäldern verbracht und beherrscht die Kunst des Schleichens und des Präzisionsschießens wie keine andere."

Heinz' Interesse war geweckt. „Kannst du mir sagen, wo ich sie finden kann? Wir brauchen dringend ihre Unterstützung in der bevorstehenden Schlacht."

Der Taschendieb lächelte schelmisch. „Nun, das ist nicht so einfach, mein Freund. Amara ist bekannt für ihre Zurückhaltung und ihr Misstrauen gegenüber Fremden. Aber ich kann dir einen Tipp geben. In der Höhle der vergessenen Weisen, tief im Herzen des Sumpfes, findest du vielleicht eine Spur von ihr."

Ein Kribbeln der Aufregung durchzog Heinz' Körper. Er war sich sicher, dass er keine Zeit verlieren durfte. Er bedankte sich beim Taschendieb und machte sich auf den Weg zur Höhle der vergessenen Weisen.

Heinz erreichte den Eingang der Gruft und warf einen Blick ins Dunkel, erkannte, dass er nicht allein war. Jemand oder etwas beobachtete ihn aus den Schatten heraus. Ein unheilvolles Knurren ertönte, und Augen glühten in der Finsternis auf. Was würde Heinz in der Höhle der vergessenen Weisen erwarten?

Das Geheimnis der vergessenen Weisen

Mit klopfendem Herzen betrat Heinz die düstere Höhle der vergessenen Weisen. Die Luft war erfüllt von einem modrigen Geruch und die Dunkelheit umhüllte ihn wie ein undurchdringlicher Schleier. Vorsichtig schritt er voran, sein Blick in die Finsternis gerichtet.

Er hörte ein leises Flüstern, das von allen Seiten zu kommen schien. Es waren die Stimmen der vergessenen Weisen, die in diesem Ort einst ihre Macht und ihr Wissen hüteten. Die Worte waren kaum verständlich und verschmolzen zu einem unheimlichen Gemurmel.

Ein kalter Windhauch strich über Heinz' Haut und ließ eine Gänsehaut entstehen. Er zuckte zusammen, als ein Schauer über seinen Rücken lief. Doch seine Entschlossenheit trieb ihn voran, und er folgte dem Flüstern weiter in die Tiefen der Höhle.

Nach einiger Zeit erreichte er einen versteckten Raum, der von einem schwachen Schein beleuchtet wurde. In der Mitte des Raumes stand ein uralter Altar, auf dem ein Buch lag, dessen Seiten von Runen und Symbolen bedeckt waren.

Heinz trat näher, um das Buch zu untersuchen, als er ein Geräusch hörte. Er wirbelte herum und sah eine Gestalt im Schatten lauern. Es war eine Frau mit langen, eisblonden Haaren und einer undurchdringlichen Aura um sie herum.

„Amara", flüsterte Heinz überrascht. „Ich habe nach dir gesucht."

Die Bogenschützin trat langsam aus dem Dunkel hervor, ihre kristallblauen Augen leuchteten geheimnisvoll. „Du bist hartnäckig, Heinz. Was willst du von mir?"

Heinz erklärte ihr die Situation und die bevorstehende Schlacht gegen die Uedkult. Er bat sie inständig um ihre Hilfe und erzählte ihr von den verzauberten Pfeilen, die er für den Kampf vorbereitet hatte.

Amara betrachtete ihn nachdenklich. „Du scheinst mutig und entschlossen zu sein, Heinz. Aber ich werde nicht leichtfertig meine Hilfe zusagen. Zuerst musst du beweisen, dass du würdig bist, an meiner Seite zu kämpfen."

Amara erhob ihre Hand und eine plötzliche Windböe ließ die Flammen auf den Fackeln flackern. „Du wirst dich dem Prüfungsritual stellen müssen", verkündete sie mit einem eindringlichen Blick. „Bereite dich vor, denn der Weg, den du betreten wirst, ist gefährlich und voller tödlicher Herausforderungen."

Ein nervöses Kribbeln durchzog Heinz' Körper. Sein Herz schlug schneller und seine Hände wurden leicht feucht, vor Vorfreude und Angst. Er war bereit, sein Bestes zu geben und zu beweisen, dass er würdig war. Doch was würde ihn in dieser Prüfung erwarten? Welche Gefahren lauerten auf seinem Weg? Das Schicksal der bevorstehenden Schlacht hing von Heinz' Erfolg ab.

Das Prüfungsritual der Vergessenen

Heinz schloss die Augen und atmete tief ein. Sein Verstand war voller Gedanken über das kommende Ritual.

Amara leitete ihn auf einen schmalen Pfad, der tief in den Wald führte. Der Geruch von feuchtem Moos und verborgenen Geheimnissen lag in der Luft. Heinz näherte sich langsam einem imposanten Steinmonument, und sein Herzschlag beschleunigte sich spürbar.

„Dies ist der Ort, an dem die Vergessenen ihre Prüfungen abgelegt haben", erklärte Amara mit ernster Stimme. „Nur die Mutigsten und Stärksten haben es jemals bis hierhin geschafft."

Heinz nickte und stählte seinen Geist. Er war bereit, seine Fähigkeiten und seinen Mut unter Beweis zu stellen, um die Anerkennung der Vergessenen zu erlangen. Bei jedem Schritt durchdrang ihn die Aura der vergangenen Prüflinge, als ob ihre Geister ihn auf seinem Weg begleiteten.

Sie erreichten den zentralen Platz des Monuments. Vor ihnen erstreckte sich ein labyrinthischer Pfad, der von geheimnisvollen Glyphen gesäumt war. Heinz durchzuckte eine unbekannte Präsenz in der Luft, die seine Sinne schärfte.

Amara legte ihm eine Hand auf die Schulter. „Heinz, du musst dich auf dein inneres Wissen und deine Instinkte verlassen", sagte sie mit Nachdruck. „Die Prüfung wird dich auf die Probe stellen, aber du darfst niemals aufgeben."

Heinz atmete tief ein und betrat den Pfad. Jeder Schritt war eine Herausforderung, denn die Glyphen schienen sich zu verändern und neue Wege zu öffnen. Er vertraute auf seine Intuition und bahnte sich einen Weg durch das Labyrinth.

Stunden vergingen, und Heinz meisterte den verschlungenen Pfad. Er überwand Fallen, löste Rätsel und kämpfte gegen Illusionen. Doch seine Entschlossenheit war unerschütterlich.

Er erreichte das Ende des Labyrinths. Vor ihm erhob sich ein monumentaler Altar, auf dem eine einzelne Flamme brannte. Heinz trat in den Raum der Vergessenen. Ein kühler Hauch strich über seine Haut, und er nahm die leisen Schatten der Geister vergangener Prüflinge wahr. Die Stille war erdrückend und zeigte ihm an, dass dies der letzte Teil seiner Prüfung war.

Er trat vor den Altar und schloss die Augen. Sein Geist war ruhig und fokussiert und er kanalisierte seine Kräfte. Er konzentrierte sich auf den Flammenhauch und ließ seine Magie in den Raum strömen.

Ein gleißendes Licht ließ den Altar erstrahlen, und Heinz die Macht der Vergessenen stieg in ihm auf. Er hob seine Hand, um den blendenden Schein abzuschirmen, und die Energie des Lichts durchdrang seinen Körper. Eine Welle übernatürlicher Kraft durchflutete ihn, mit uralter Weisheit und Macht. Es war ein Moment der Erleuchtung und der Vereinigung mit den alten Weisen.

Heinz öffnete seine Augen, Amara stand neben ihm. Doch etwas hatte sich verändert. In ihrem Blick lag eine Mischung aus Furcht und Verwir-

rung. „Wir müssen sofort zurück zum Lager",
flüsterte sie hastig. „Etwas Schreckliches ist
geschehen."

Sein Herz schlug vor Angst schneller. Was war
im Lager passiert? Welche Gefahr hatte sich dort
eingeschlichen? Gemeinsam mit Amara eilte er
durch den dunklen Wald, zurück zu den Kameraden.

Ein Wiedersehen der Verbündeten

Als Heinz und Amara das Lager erreichten, herrschte eine bedrückte Stimmung. Die Gesichter der Kameraden waren von Trauer und Sorge gezeichnet. Die Nachricht von Torbens Tod hatte sich wie ein Lauffeuer verbreitet.

Heinz hatte einen Kloß in seiner Kehle, als er Lysandra in der Nähe der Feuerstelle entdeckte. Sie stand allein da, ihr Blick verloren in den Flammen. Ihre kristallblauen Augen schimmerten im fahlen Schein des Feuers.

Er ging entschlossen auf sie zu, begleitet von Amara. Lysandra hob den Kopf, als sie ihre Annäherung bemerkte. Überraschung und Erleichterung blitzten in ihren Augen auf. „Heinz, du bist zurück", flüsterte sie und trat einen Schritt auf ihn zu.

Heinz lächelte sanft und legte eine Hand auf ihre Schulter. „Ja, Lysandra, ich bin hier. Und ich habe jemanden mitgebracht, den du kennenlernen musst. Sie ist eine Verbündete, eine Kriegerin der Vergessenen."

Amara trat neben Heinz und nickte Lysandra respektvoll zu. „Es ist mir eine Ehre, dich kennenzulernen, Lysandra. Heinz hat viel von deinen Fähigkeiten und deiner Tapferkeit erzählt."

Lysandra betrachtete Amara skeptisch, doch ihre Miene hellte sich etwas auf. „Es ist gut, weitere Unterstützung zu haben. In diesen Zeiten brauchen wir jeden Verbündeten, den wir bekommen können."

Heinz nahm eine besondere Verbindung zwischen Lysandra und Amara wahr. Sie waren beide starke Frauen, die sich dem Kampf gegen die Uedkult verschrieben hatten. Er hoffte, dass sie gemeinsam den Sieg erringen konnten.

Ein lautes Hornsignal unterbrach die Stille im Lager. Alle Anwesenden erstarrten und schauten in die Richtung des Hörns. Ein Krieger kam hastig auf Heinz zugelaufen und flüsterte ihm etwas ins Ohr.

Heinz' Miene verfinsterte sich, und er erkannte die Dringlichkeit des Moments. Er wandte sich an Lysandra und Amara. „Es ist an der Zeit, dass wir uns für die nächste Schlacht bereit machen. Lysandra, du wirst mit deinen Fähigkeiten als Bogenschützin dringend gebraucht. Amara und ich werden unsere Kräfte vereinen, um den Uedkult entgegenzutreten."

Lysandra nickte entschlossen. „Ich bin bereit, meinen Bogen zu spannen und für unser Volk zu kämpfen. Gemeinsam werden wir sie besiegen."

Die Kriegerinnen machten sich eilig auf den Weg zu ihren jeweiligen Aufgaben, als die Spannung im Lager stieg. Während Heinz und Amara ihre Waffen vorbereiteten, überkam Heinz eine beunruhigende Ahnung, die ihn unruhig werden ließ. Etwas Dunkles lauerte im Schatten der Bäume, bereit, zuzuschlagen.

Im Herz der Dunkelheit

Im Schutz der Nacht und in ihren tarnenden Umhängen schlichen sich Heinz und Amara durch das undurchdringliche Dickicht, das das Lager der Uedkult umgab. Die Geräusche des Kampfes drangen gedämpft an ihre Ohren, derweil sie sich vorsichtig zwischen den Zelten hindurchbewegten.

Heinz spannte seine Muskeln an und das Adrenalin in seinen Adern pulsierte. Er hatte sich schon viele Schlachten vorgestellt, aber nichts hatte Heinz auf das vorbereitet, was ihn jetzt erwartete. Die Dunkelheit war undurchdringlich, und die Luft war erfüllt von der bösartigen Aura der Uedkult.

Sie hörten Schritte hinter sich. Heinz und Amara hielten den Atem an und duckten sich in den Schatten eines Zeltes. Eine Gruppe von Uedkult-Kriegern zog an ihnen vorbei, ihre grotesken Masken im fahlen Mondlicht glänzend.

Nachdem die Krieger außer Sichtweite waren, setzten Heinz und Amara ihren Weg fort. Sie tasteten sich weiter vor, immer darauf bedacht, nicht entdeckt zu werden. Doch je tiefer sie ins Lager eindrangen, desto bedrückender wurde die Atmosphäre um sie herum. Ein kalter Schauer lief ihnen über den Rücken, wobei sie die finstere Macht förmlich in der Luft wahrnahmen. Die Schatten, die sich an den Wänden abzeichneten, schienen lebendig zu sein und eine unheilvolle Präsenz zu tragen. Ihre Schritte wurden vorsichtiger und langsamer, und sie sich der bedrohlichen Aura bewusst, die hier herrschte. Der Geruch von Verderben und Verwesung lag schwer in der Luft und verstärkte das unbehagliche Gefühl. Sie waren in einer gefährlichen Umgebung, in der sie auf ihre Wachsamkeit und ihre Fähigkeiten angewiesen waren.

Ihr Herz schlug schneller, weil eine unheilvolle Präsenz eines mächtigen Uedkult-Anführers in geringer Entfernung wahrnehmbar wurde. Ein Gefühl der Bedrohung durchströmte sie, bei der sie die Schwere und Gefährlichkeit dieser Anwesenheit erkannte. Ihr Blick wanderte nervös umher, auf der Suche nach Anzeichen oder Hinweisen auf den Verbleib des Anführers. Eine gespannte Stille legte sich über die Umgebung. „Heinz", flüsterte sie, „wir sind nicht alleine. Da ist jemand, der viel stärker ist als die anderen. Wir müssen vorsichtig sein."

Heinz nickte und konzentrierte sich. Seine magischen Sinne versetzten ihn in die Lage, die Energie des Uedkult-Anführers wahrzunehmen. Eine düstere und bedrohliche Aura umhüllte das Lager und breitete sich wie ein undurchdringlicher Schleier aus.

Langsam bewegten sie sich weiter voran, immer auf der Hut vor den Uedkult-Kriegern, die ihnen begegnen könnten. Sie erreichten einen abgelegenen Teil des Lagers, wo sich der Uedkult-Anführer aufhielt.

Sie lauschten den Stimmen, die aus einem Zelt drangen, und hörten das widerwärtige Lachen des Anführers. Heinz und Amara tauschten einen entschlossenen Blick aus. Es war an der Zeit, dem Übel ein Ende zu setzen.

Sie schlichen näher an das Zelt heran und schlugen leise die Umhänge zur Seite. Was sie sahen, ließ ihr Blut gefrieren. Der Anführer stand dort, umgeben von finsteren Schatten und schimmerndem Schwarz. Doch das Schockierendste war die Gestalt, die vor ihm kniete.

Es war Lysandra.

Sie war gefangen, gefesselt und von der Dunkelheit umgeben. Ihr Blick war leer, als ob ihre Seele gebrochen wäre. Heinz' Herz zersprang fast vor Schmerz und Wut. Er konnte nicht zulassen, dass sie weiterhin in den Händen dieser Kreatur blieb.

Die Augen des Uedkult-Anführers funkelten vor boshafter Freude, als er Heinz und Amara bemerkte. „Ihr seid mutig, hierher zu kommen", zischte er. „Aber eure Tapferkeit wird euch nichts nützen. Bald werdet ihr meinem Willen erliegen."

Ein Schaudern durchlief Heinz' Körper, doch sein Entschluss stand fest. Er würde Lysandra befreien, koste es, was es wolle.

Der Bann der Dunkelheit

Heinz und Amara starrten den Uedkult-Anführer wütend an und festigten so ihre Entschlossenheit. Ein pulsierendes Gefühl durchströmte Heinz, als die Magie in ihm aufstieg. Sein Blick wurde fokussiert, wobei er seine innere Energie kanalisierte. Gleichzeitig beobachtete er, wie Amara ihre Waffen fest umklammerte. Ihre Haltung war entschieden, ihre Augen leuchteten mit Bestimmtheit. Das Zusammenspiel von Heinz' magischer Kraft und Amaras kämpferischer Bereitschaft schuf eine elektrisierende Atmosphäre. Sie waren bereit, ihre Fähigkeiten zu vereinen und gemeinsam in den bevorstehenden Kampf zu treten.

„Du wirst nicht gewinnen", knurrte Heinz und hob seine Hände, bereit, seine Kräfte gegen den Anführer einzusetzen. „Lysandra gehört nicht zu euch. Sie wird frei sein!"

Ein hämisches Lachen entfuhr dem Anführer, als er eine dunkle Energie heraufbeschwor. Schwarze Tentakel schossen aus seinem Körper, um Heinz und Amara zu umklammern und sie zu Boden zu reißen.

Doch Heinz ließ sich nicht einschüchtern. Er konzentrierte seine ganze Magie und sandte einen mächtigen Lichtstrahl gegen die Tentakel. Die Dunkelheit erbebte vor dem Aufprall des Lichts und die Tentakel lösten sich auf.

Amara nutzte die Gelegenheit, sprang auf und griff den Anführer mit ihrer Klinge an. Ein Duell der Kräfte und Fertigkeiten entbrannte zwischen ihnen. Schwerter klirrten und Magie flog durch die Luft.

Inmitten des Kampfes richtete Heinz seinen Blick auf Lysandra, die noch immer gefesselt war. Sein Gesicht zeigte Entschlossenheit und Sorge, weil er den Ernst ihrer Situation erfasste. Die Anspannung in seinen Muskeln nahm zu, derweil er einen Plan formulierte, um sie zu befreien. Seine Augen verfolgten ihre Bewegungen, indessen er nach einer Gelegenheit suchte, um sie aus den Fesseln zu befreien.

Mit einem mächtigen Zauber ließ Heinz Dolche aus Energie entstehen, die die Fesseln von Lysandra zerschnitten. Sie befreite sich und trat zur Seite, um den Anführer im Kampf zu unterstützen.

Gemeinsam kämpften Heinz, Amara und Lysandra gegen den finsteren Anführer der Uedkult. Ihre Angriffe wurden schneller und präziser, während sie seine Abwehr durchbrachen. Doch der Anführer zeigte eine beängstigende Widerstandsfähigkeit und seine Kräfte schienen schier endlos zu sein.

In einem verzweifelten Moment gelang es Heinz, eine verzauberte Klinge zu greifen, die in der Nähe lag. Mit der Magie des Schwertes führte er einen kraftvollen Schlag gegen den Anführer aus. Das Schwert durchdrang seine Dunkelheit und traf ihn direkt in das Herz.

Der Anführer stieß einen markerschütternden Schrei aus und löste sich langsam in nichts auf.Ein Moment der Stille trat ein, als die Dunkelheit des Lagers allmählich nachließ und einem schwachen Licht wich. Die zunehmende Helligkeit brachte einige Geräusche hervor - das Rascheln von Stoff, das Knarren von Holz - und füllte den Raum mit einer sanften Atmosphäre. Das Licht, das langsam an Kraft gewann, ließ die Konturen der Gestalten sichtbar werden und enthüllte vorsichtig die Umgebung, die zuvor von der Dunkelheit verborgen war. Die Stille wurde allmählich von leisen Geräuschen und dem Flüstern der ersten Aktivitäten des Tages durchbrochen.

Heinz, Amara und Lysandra standen erschöpft und doch siegesgewiss da. Sie hatten den Anführer besiegt, doch der Kampf gegen die Uedkult war nicht vorbei.

Plötzlich erklang ein schriller Schrei aus der Ferne. Sie schauten in die Richtung und erkannten, dass der Kampf im Lager im vollen Gange war. Es gab viele Uedkult-Krieger, die besiegt werden mussten.

Heinz, Amara und Lysandra tauschten einen entschlossenen Blick aus.

Sie wussten, dass sie sich nun dem endgültigen Sieg näherten, aber der Weg dorthin war noch gefährlich und voller Herausforderungen.

Mit neu entfachtem Mut und Entschlossenheit eilten sie zu den Klängen des Schlachtengetümmels.

Die Macht der Vergessenen

Erschöpft und blutbeschmiert kehrten Heinz, Amara und Lysandra in ihr Lager zurück. Die Nacht war hereingebrochen und der Schein der Fackeln erhob sich vor ihnen wie eine willkommene Erleuchtung inmitten der Dunkelheit.

Das Lager war erfüllt von der Siegesstimmung der siegreichen Kämpfer, die ihre Wunden versorgten und sich auf die verdiente Ruhe vorbereiteten. Heinz erschöpfte sich körperlich und seine Magie schwächte sich ab, doch ein unbändiger Durst nach Wissen trieb ihn weiter voran. Seine Schultern hingen stark, wobei er mühsam einen Fuß vor den anderen setzte. Jeder Atemzug war auszehrend, und seine Energiereserven waren nahezu erschöpft. Trotzdem kämpfte er gegen die Erschöpfung an und ignorierte die Schwere in seinen Gliedern. Ein leidenschaftlicher Funke glühte in seinen Augen, nachdem er seinen Blick auf das Ziel richtete. Die Begierde nach Wissen und Erkenntnis brannte in seinem Inneren und ließ ihn den Schmerz und die Ermüdung vergessen. Mit jedem Schritt vorwärts, gewann er neue Motivation und Entschlossenheit, getrieben von dem Verlangen, die Geheimnisse und Weisheiten zu enthüllen, die jenseits seiner aktuellen Grenzen lagen.

Amara führte Heinz zu einem abgelegenen Bereich des Lagers, wo sie eine kleine Feuerstelle entfachte. In dem flackernden Licht sah Heinz die drei geheimnisvollen Artefakte, die Amara in ihrer Tasche aufbewahrt hatte.

„Diese Artefakte stammen aus den alten Zeiten, Heinz", flüsterte Amara, indessen sie die Gegenstände behutsam auf den Boden legte. „Sie enthalten das Wissen und die Macht der Vergessenen, mächtigen Magiern und Hexen, die einst in dieser Welt lebten."

Fasziniert betrachtete Heinz die geheimnisvollen Objekte, die in seinem Inneren eine unergründliche Anziehungskraft ausübten. Die pulsierende Magie strömte von ihnen aus und erreichte Heinz' Sinne. Seine Haut prickelte, als er die Energie regelrecht verspürte, die von den Artefakten ausging. Ein magnetisches Feld schien sich um sie herum aufzubauen, während die Magie in der

Luft elektrisch aufgeladen war. Heinz schmeckte förmlich den Hauch der Mystik, wobei er die Ausstrahlung ihrer Kräfte wahrnahm. Seine Augen weiteten sich vor Staunen. Es war ein faszinierendes Schauspiel, das Heinz in seinen Bann zog und ihn daran erinnerte, welch unermessliche Kraft in den Magiern lag.

Amara erklärte, ihm die Bedeutung und die Anwendung jedes Artefakts. Sie erzählte von den Zauberformeln, den Ritualen und den Geheimnissen, die sie enthielten. Heinz sog alle Informationen begierig auf und konnte sich kaum vorstellen, welch immense Kräfte er damit entfesselt.

„Mit diesen Zauberformeln kannst du die Zeit verlangsamen, deine Feinde in einen unendlichen Schlaf versetzen oder sogar die Grenzen der Realität durchbrechen", flüsterte Amara mit einem Hauch von Ehrfurcht in ihrer Stimme.

Die Verlockung und das Verlangen nach dieser Macht durchzogen Heinz' Gedanken. Sein Blick wurde intensiver, wobei er sich von der Faszination dieser Kraft erfassen ließ. Seine Hände ballten sich automatisch zu Fäusten, derweil er mit den Konsequenzen eines solchen Verlangens rang. Eine innere Zerrissenheit spiegelte sich in seinem Gesicht wider. Er wollte die Grenzen seiner eigenen Fähigkeiten überschreiten und zu einem wahren Meister der Magie werden.

Die Nacht verging in einem Strudel aus Wissen und Training. Heinz und Amara praktizierten gemeinsam die mächtigen Zauber der Vergessenen. Jeder Flüsterton, jede Geste wurde perfektioniert, indem sie die Grenzen ihrer eigenen Magie austesteten.

Mit dem Anbruch des Morgens durchströmte Heinz ein Gefühl der Stärke und Vitalität. Sein Körper war erfrischt, als die ersten Sonnenstrahlen auf sein Gesicht fielen. Er reckte sich ausgiebig, lockerte seine Muskeln und sein Geist erwachte. Die frische Morgenluft füllte seine Lungen. Er atmete tief ein und nahm die Energie des neuen Tages auf. Ein breites Lächeln legte sich auf seine Lippen, da er sich bewusst wurde, dass er mit jedem Atemzug Möglichkeiten und Chancen begrüßte. Der Morgen brachte ihm eine innere Gewissheit und einen Schub an Motivation, der ihn bereitmachte, die Herausforderungen des Tages anzugehen. Er war bereit, seine neu erlernten Fähigkeiten gegen die Uedkult einzusetzen und sie zu vernichten.

Sie packten ihre Sachen zusammen, als ein lauter Knall die Stille durchbrach und eine gewaltige Erschütterung sie erfasste. Rauch und Staub stiegen in die Luft auf und die Schreie der Kämpfer erfüllten die Szenerie.

Heinz und Amara tauschten einen besorgten Blick aus, da sie in Richtung des Lagers eilten, um herauszufinden, was geschehen war.

Die Suche nach den Zwergen

Als Heinz, Amara und Lysandra das Lager erreichten, bot sich ihnen ein Bild des Chaos und der Verwüstung. Die Hütten waren in Flammen aufgegangen, Schreie durchzogen die Luft und Kämpfe tobten überall. Die Ursache für die Erschütterung wurde ihnen schnell klar: Die Uedkult hatten einen überraschenden Angriff auf das Lager gestartet.

Ohne zu zögern, setzten sich Heinz, Amara und Lysandra gegenseitig verstehend ein Ziel: Sie mussten den Uedkult standhalten und das Lager verteidigen. Gemeinsam stürzten sie sich in den Kampf und setzten ihre neu erlernten Fähigkeiten ein, um den Feind zurückzudrängen.

Die Schlacht wütete stundenlang und die Kämpfer auf beiden Seiten zahlten einen hohen Preis. Doch Heinz, Amara und Lysandra kämpften unerbittlich und behielten ihre Entschlossenheit bei. Gemeinsam bildeten sie eine Einheit, die nicht zu stoppen schien.

So gelang es ihnen, die Uedkult zurückzudrängen und das Lager zu sichern. Die Überlebenden versammelten sich, um die Verwundeten zu versorgen und die Toten zu betrauern. Es war ein Moment der Trauer und des Zusammenhalts, wie sie sich ihrer Verluste bewusst wurden.

Nachdem die Situation im Lager etwas beruhigt war, trafen sich Heinz, Amara und Lysandra, um ihre nächsten Schritte zu besprechen. Ihr Bewusstsein klärte sich, während sie die Dringlichkeit des Moments erkannten. Die Uedkult waren die Feinde, die besiegt werden mussten, um die Bedrohung für immer auszulöschen. Doch sie benötigten Hilfe, um ihre Mission zu erfüllen.

„Ich habe von den Zwergen gehört", eröffnete Heinz. „Sie sind geschickte Handwerker und besitzen wertvolles Wissen über Magie und Kampf. Wenn wir ihre Unterstützung gewinnen könnten, hätten wir eine bessere Chance gegen die Uedkult."

Amara und Lysandra nickten zustimmend. Sie waren bereit, alles zu tun, um ihre Kräfte zu stärken und den Feind zu besiegen.

Die Reise zu den Zwergen war lang und gefährlich. Die Zwerge lebten in einem abgelegenen Gebiet, das etliche Tagesreisen entfernt lag. Sie mussten durch dichte Wälder, über schroffe Berge und durch reißende Flüsse navigieren, um ihr Ziel zu erreichen.

Entschlossen brachen Heinz, Amara und Lysandra auf. Sie nahmen nur das Nötigste mit sich und verließen das Lager, bereit für das, was vor ihnen lag.

Die Tage vergingen und die Reise wurde zunehmend anstrengend. Sie kämpften gegen wilde Bestien, schlugen sich durch undurchdringliches Dickicht und stellten sich den Launen der Natur. Doch sie gaben nicht auf, sondern wurden von ihrer gemeinsamen Bestimmung angetrieben.

Zu dem Zeitpunkt, als sie sich dem Gebiet der Zwerge näherten, waren sie erleichtert. Sie hatten es fast geschafft. Doch dann, derweil sie einen Pass zwischen zwei hohen Bergen durchquerten, hörten sie ein bedrohliches Knurren und Grollen.

Ein gewaltiger Drache erhob sich vor ihnen und versperrte den Weg zu den Zwergen.

Der Kampf gegen den Drachen

Der Drache stand majestätisch vor ihnen, seine schuppige Haut schimmerte im Sonnenlicht und seine Augen sprühten vor Zorn. Seine gewaltigen Klauen gruben sich in den Boden, sein scharfer Atem verbreitete den Geruch von Verderben und Angst.

Heinz, Amara und Lysandra tauschten einen kurzen Blick aus, bevor sie sich auf den bevorstehenden Kampf vorbereiteten. Das würde eine der größten Herausforderungen sein, denen sie je gegenüberstanden.

Mit einem kraftvollen Schrei stürzte sich der Drache auf sie, seine riesigen Flügel schlugen mächtig und erzeugten einen Wirbelsturm um ihn herum. Heinz reagierte schnell und beschwor einen mächtigen Feuerzauber herbei, der den Drachen traf. Die Flammen umhüllten den gewaltigen Körper des Drachen, doch er schien unbeeindruckt zu sein.

Amara nutzte ihre Geschicklichkeit und Schnelligkeit, um dem Drachen auszuweichen und ihm gezielte Hiebe mit ihrem Schwert zu versetzen. Ihre Bewegungen waren fließend und präzise, doch der Drache war ein mächtiger Gegner, der ihre Angriffe mit seinen schützenden Schuppen abwehrte.

Lysandra, die Bogenschützin, zielte mit ihrem präzisen Blick auf die empfindliche Stelle zwischen den Drachenschuppen. Sie spannte ihren Bogen und schoss einen Pfeil ab, der mit tödlicher Genauigkeit auf den Drachen zuflog. Der Pfeil durchbohrte eine Lücke in den Schuppen und traf das Fleisch darunter. Der Drache brüllte vor Schmerz, doch er war nicht besiegt.

Der Kampf tobte weiter, obwohl die Helden alles gaben, um den Drachen zu bezwingen. Sie setzten ihre Magie, ihre Waffen und ihre Strategien ein, um den Gegner zu schwächen. Doch der Drache war stark und wehrte sich mit brutaler Kraft.

Nach einem erbitterten Kampf gelang es ihnen, den Drachen zu besiegen. Er stürzte zu Boden und seine gewaltigen Flügel schlugen eine Staubwolke auf. Der Kampf war vorbei, doch ihre

Körper waren ausgebrannt und ihre Energiereserven aufgebraucht.

Erschöpft und verwundet schleppten sich Heinz, Amara und Lysandra zu einem nahegelegenen Plateau. Sie beschlossen, zwei Zelte aufzubauen und die Nacht dort zu verbringen, um sich auszuruhen und ihre Kräfte wiederherzustellen, bevor sie ihren Weg zu den Zwergen fortsetzten.

Obschon sie die Zelte aufstellten und das Lager Vorbereiteten, vermochte Heinz nicht umhin, sich umzusehen. Ein Gefühl der Annäherung durchströmte ihn, derweil sie sich dem Ziel näherten. Doch sie waren sich bewusst, dass ihnen eine lange Reise bevorstand. Die Dunkelheit brach herein und sie kuschelten sich eng unter ihren Decken zusammen, um Wärme und Schutz zu suchen.

Die Nacht brach herein und der Himmel erstrahlte mit funkelnden Sternen, dieweil Heinz eine seltsame Erschütterung im Boden wahrnahm. Die Erde bebte unter ihnen, ein wildes Zittern erfasste den Untergrund und ließ sie instabil stehen. Ver-

wundert und besorgt tauschten sie erneut Blicke
aus.

Im Zwielicht der Nacht

Die Sterne blinkten am dunklen Himmel, da Heinz, Amara und Lysandra in die Zelte gingen, um zu schlafen. Es war eine Nacht voller Unruhe und aufgewühlter Gefühle. Die Geräusche des nächtlichen Waldes um sie herum erklangen, und in den Herzen der beiden war eine innere Sehnsucht, die sie nicht ignorierten.

In dem einen Zelt lagen Amara tief und fest schlafend, und Lysandra, die von einer tiefen Unruhe in ihrem Inneren ergriffen war. Wobei sich in dem anderen Heinz umdrehte und versuchte, seine Gedanken zu beruhigen. Doch diese waren voll von Lysandra, von ihrer Tapferkeit, ihrer Stärke und ihrem Lächeln, das sein Herz schneller schlagen ließ.

Lysandra hatte das Bedürfnis, zu Heinz zu schleichen, ihm nahe zu sein und die Nacht mit ihm zu verbringen. Vorsichtig und leise schlich sie aus dem Zelt, um Amara nicht zu wecken, und tastete sich durch die Dunkelheit zu Heinz' Zelt.

Wie sie den Eingang öffnete, sah sie Heinz dort liegen, sein Gesicht von einem sanften Lichtschein erhellt. Ein Lächeln umspielte ihre Lippen, als sie leise zu ihm trat und sich neben ihn legte. Die Wärme seines Körpers umhüllte sie, da sie sich an ihn schmiegte. Ein Gefühl von Vertrautheit und Geborgenheit erfüllte sie in diesem Moment.

Die Zeit schien stillzustehen, weil Heinz und Lysandra in den Armen des anderen lagen. Ihre Berührungen waren sanft und zärtlich, ihre Küsse voller Leidenschaft und Sehnsucht. In dieser Nacht verbanden sich ihre Seelen und sie gaben sich einander hin.

Die Nacht war erfüllt von flüsternden Worten, leidenschaftlichen Umarmungen und sinnlichen Berührungen. Sie vergaßen die Welt um sich herum und lebten nur in diesem Moment, in dem sie sich gegenseitig entdeckten und verstanden.

Doch als die ersten zarten Sonnenstrahlen den neuen Tag ankündigten, wurde die Realität wieder greifbar. Lysandra erkannte, dass sie zurückkehren musste, in ihr eigenes Zelt, zu Amara. Ein Gefühl von Wehmut und Verlust erfüllte sie, als sie sich von Heinz löste und leise das Zelt verließ.

Er blieb allein zurück, die Erinnerungen an diese kostbare Nacht im Herzen tragend. Eine Erkenntnis durchzog ihn: Diese Begegnung hatte sie auf eine tiefere Ebene miteinander verbunden. Doch gleichzeitig war ihm bewusst, dass die Konsequenzen dieser Verbindung eine Herausforderung darstellen.

Im Schatten der Berge

Die Sonne stand hoch am Himmel, als Heinz, Lysandra und Amara ihre Reise zu den Zwergen fortsetzten. Die Landschaft veränderte sich allmählich, während sie tiefer in das Gebirge vordrangen. Hohe Gipfel ragten vor ihnen auf, bedeckt von dichten Wäldern und nebelverhangenen Tälern.

Sie wanderten auf schmalen Pfaden, die sich entlang der steilen Hänge schlängelten. Der Weg war beschwerlich, aber ihr gemeinsamer Wille trieb sie voran. Heinz führte die Gruppe mit seiner Entschlossenheit an. Lysandra und Amara bildeten mit ihrer Tapferkeit und Erfahrung das Rückgrat.

Unterwegs begegneten sie einigen Gefahren, die sie mit Geschick und Zusammenarbeit überwanden. Wilde Bestien lauerten in den Wäldern, Lysandra führte sie sicher an ihnen vorbei. Reißende Flüsse versperrten ihren Weg, doch Amara fand einen gefahrlosen Übergang für sie alle.

Die Tage vergingen, wobei sie sich unaufhaltsam den Zwergen näherten. Jede Nacht schlugen sie ihre Zelte auf und teilten ihre Geschichten, ihre Ängste und ihre Hoffnungen miteinander. Die Bindung zwischen ihnen wurde stärker und ihre Herzen pulsierten im Einklang.

Wo sie in den Schatten der Berge weiterzogen, erfasste sie eine Erschütterung, die die Erde zum Beben brachte. Der Boden bebte unter ihren Füßen, und der Himmel verdunkelte sich. Ein düsteres Schweigen umhüllte die Umgebung, und eine frostige Kälte durchfuhr ihre Körper.

Heinz, Lysandra und Amara sahen sich an, ihre Augen voller Entschlossenheit. Ihnen war bewusst, dass ihre Reise gefährlicher würde, als sie es sich jemals vorgestellt hatten. Doch sie waren bereit, sich den Herausforderungen zu stellen und ihre Mission zu erfüllen.

Vor ihnen erhob sich eine gewaltige Gestalt aus dem Schatten der Berge. Ein Wesen von unvorstellbarer Größe und Macht stand ihnen gegenüber. Seine roten Augen glühten vor bösartiger Entschlossenheit. Es war wie bei den Uedkult.

Dieses Wesen sah aber nicht aus wie ein Uedkult, doch seine Präsenz ließ ihre Körper erzittern.

Im Bann des Dämons

Die drei Gefährten standen regungslos da, und der Dämon manifestierte sich vor ihnen. Seine Gestalt war grotesk und bedrohlich. Seine Haut war von einem dunklen Schimmer überzogen, und scharfe Klauen ragten aus seinen Händen. Seine Augen sprühten vor boshafter Freude, als er auf sie zutrat.

„Heinz, Amara, Lysandra", zischte der Dämon mit einer Stimme, die aus der tiefsten Finsternis zu stammen schien. „Ihr habt euch weit gewagt, um zu den Zwergen zu kommen. Doch ihr werdet nie ihr Heimatland erreichen. Meine Kinder, die Uedkult, werden die Zwerge und euch zermalmen."

Heinz ballte seine Fäuste und trat vor, bereit, sich dem Dämon entgegenzustellen. „Wir werden nicht aufgeben", erwiderte er mit fester Stimme. „Die Macht der Freundschaft und des Zusammenhalts wird uns leiten. Wir werden den Zwergen beistehen und diese Bedrohung beenden."

Der Dämon lachte höhnisch auf. „Ihr seid nur schwache Sterbliche, die meinen Kräften nichts entgegensetzen können. Eure Tapferkeit ist nutzlos gegen meine Macht."

Der Dämon breitete seine Arme aus und dunkle Energie entfesselte sich um ihn herum. Blitze zuckten und der Boden bebte erneut. Eine tödliche Aura erfüllte die Luft, solange der Dämon seine Kräfte gegen die Gefährten freisetzte.

Heinz, Amara und Lysandra standen einem unvorstellbaren Feind gegenüber. Doch sie waren entschieden, nicht aufzugeben. Mit vereinten Kräften kämpften sie gegen die dunkle Macht des Dämons an. Magie entfaltete sich. Waffen wurden geschwungen und ihre Herzen brannten vor Entschlossenheit.

Der Kampf tobte in einem wütenden Tanz zwischen Licht und Dunkelheit. Die Gefährten kämpften mit allem, was sie hatten, um den Dämon zu besiegen. Doch je länger der Kampf dauerte, desto stärker schien der Dämon zu werden.

Schließlich wurde es ihnen klar - sie konnten den Dämon nicht besiegen. Sie mussten fliehen, um ihr Leben und ihre Mission zu retten. Mit letzter Kraft zogen sich Heinz, Amara und Lysandra zurück, wobei der Dämon triumphierend hinter ihnen Herlachte.

Sie rannten durch den finsteren Wald, ihre Kräfte schwanden und ihre Hoffnung schwankte. Doch dann tauchte vor ihnen eine Gestalt auf, die ihnen den Weg versperrte. Es war jemand, den sie nicht erwartet hatten. Ein alter Feind aus ihrer Vergangenheit, der mit finsterem Grinsen sagte: „Ihr dachtet, ihr könntet einfach so entkommen? Nichts entgeht den Augen des Schicksals."

Im Griff des Schicksals

Die Gefährten starrten den alten Feind an, der ihnen den Weg versperrte. Sein grimmiges Lächeln verriet, dass er mit der Situation zufrieden war. Heinz, Amara und Lysandra empfingen die bedrohliche Aura, die von ihm ausströmte, und erkannten augenblicklich die Gefahr, die ihnen drohte.

„Heinz, mein alter Freund", sagte der Feind mit einer kühlen Stimme. „Es scheint, als hättest du dich in ein Netz des Schicksals verstrickt, aus dem es kein Entkommen gibt. Du kannst mir nicht entkommen."

Heinz ballte seine Fäuste, seine Entschlossenheit war nicht gebrochen. „Wir werden uns nicht ergeben", erklärte er mit fester Stimme. „Wir haben uns gegen die Uedkult erhoben, und wir werden unseren Weg fortsetzen, koste es, was es wolle."

Der Feind lachte auf, ein höhnisches Gelächter, das den Wald erfüllte und den Gefährten einen Schauer über den Rücken jagte. „Ihr seid so naiv", spottete er. „Das Schicksal hat andere Pläne für euch. Ihr werdet erkennen, dass jeder eurer Schritte vorherbestimmt ist."

Da breitete sich um den Feind eine bedrohliche Dunkelheit aus. Die Umgebung wurde verzerrt und veränderte sich, als ob die Realität selbst den Atem anhielt. Die Gefährten versuchten, sich gegen die Macht des Schicksals zu wehren, aber es schien aussichtslos.

Inmitten dieser verhängnisvollen Szene packte der Feind Lysandra und hielt sie fest. Ein Ausdruck des Entsetzens huschte über ihre Gesichter, als die dunkle Energie ihre Kräfte zu rauben schien. Sie kämpfte verzweifelt gegen die Auswirkungen an, doch es war aussichtslos.

„Heinz, Amara, rettet euch!", rief Lysandra mit letzter Kraft. „Lasst euch nicht in sein Schicksalsnetz ziehen!"

Heinz und Amara starrten Lysandra entsetzt an, weil der Feind sie weiterhin gefangen hielt. Sie erkannten, dass sie handeln mussten, doch wie konnten sie sich einer solchen Macht entgegenstellen?

Mit einem eisernen Willen und einem Funken Hoffnung in den Augen kämpften Heinz und Amara gegen die Macht des Schicksals an. Doch der Feind schien unbesiegbar zu sein, und die Fügung selbst erweckte den Eindruck dagegen zu sein.

Heinz und Amara kämpften verzweifelt um ihre Gefährtin, da kam von hinten eine weitere Schattengestalt. Nicht so groß wie der Dämon vorhin und ohne rote Augen.

Die Gefährten starrten gebannt auf die schattenhafte Gestalt, die sich ihnen näherte. Ihre Präsenz war erfüllt von einer Aura der Macht, die das Unbekannte und Unvorhersehbare verkörperte. Heinz und Amara tauschten einen unsicheren Blick aus, wobei der Feind Lysandra festhielt.

Die geheimnisvolle Gestalt blieb einige Schritte vor ihnen stehen und betrachtete die Szenerie. Ein seltsames Lächeln huschte über ihr Gesicht, bevor sie ihre Stimme erhob. „Heinz, Amara, ihr seid in großer Gefahr. Aber fürchtet euch nicht, denn ich kann euch helfen", sagte sie mit einer melodischen, wohingegen undurchdringlichen Stimme.

Heinz trat einen Schritt vor, seine Entschlossenheit wiedererlangt. „Wer bist du? Und was willst du von uns?", fragte er mit fester Stimme.

Die schattenhafte Gestalt schwebte näher, enthüllte keine klaren Konturen oder Details. „Ich bin eine Hüterin der Schatten, eine Wächterin zwischen den Welten", antwortete sie mysteriös. „Ich habe euren Weg verfolgt und sehe, dass ihr wahrhaftige Kämpfer seid. Doch euer Schicksal ist noch nicht erfüllt."

Amara trat an Heinz' Seite und blickte skeptisch auf die Gestalt. „Was meinst du damit? Was erwartet uns noch?", fragte sie, ihre Stimme von Misstrauen durchdrungen.

Die Hüterin der Schatten lächelte geheimnisvoll. „Ihr müsst euch den Weg durch die Finsternis bahnen, um das Licht zu finden. Eure Bestimmung führt euch zu den Toren der Verzweiflung, wo die größten Prüfungen auf euch warten. Doch nur so werdet ihr die Macht erlangen, die ihr braucht, um eure Geliebte zu befreien."

Amara spuckte auf den Boden, indem sie ausrief „Lysandra ist nicht unsere Geliebte, sondern die beste Kampfgefährtin und Freundin!" Die Hüterin der Schatten fing an zu lachen „Vielleicht nicht deine Geliebte, aber die Geliebte von Heinz. Hattest du wirklich geglaubt das er dich liebt?"

Lysandra kämpfte weiterhin gegen die dunkle Energie an, ihre Kraft schwand mit jeder Sekunde. Sie streckte ihre Hand in Richtung ihrer Gefährten aus und flüsterte mit zitternder Stimme: „Helft mir... rettet mich..."

Die Hüterin der Schatten streckte ihre schattenhafte Hand aus und sprach leise, fast unmerklich, ein uraltes, geheimnisvolles Wort. Da durchdrang ein grelles Licht die Dunkelheit, das die Gefährten blendete. Bis ihre Augen sich an die Helligkeit gewöhnten, waren sie umgeben von einer vollkommen anderen Gegend. Sie hatten den Weg durch die Finsternis angetreten, doch jetzt standen sie vor den Toren der Verzweiflung, die sie in eine Welt des Unbekannten führen.

Eifersucht loderte in Amara wie ein wildes Feuer, das ihren Verstand zu vernebeln drohte. Die Anwesenheit von Lysandra, die bisher immer an Heinz' Seite gewesen war, stach in ihr wie ein Dorn. Die düsteren Gedanken fraßen sich in ihre Seele und ließen Zweifel und Misstrauen wachsen.

Als die Gefährten vor den Toren der Verzweiflung standen, vernahm Amara eine drängende innere Stimme, die sie dazu trieb, ihre Eifersucht zu nutzen und Lysandra ihrem Schicksal zu überlassen. Doch während sie zwischen den beiden Extremen hin und her gerissen war, schüttelte sie den dunklen Einfluss ab und erinnerte sich an die bedingungslose Freundschaft und den Zusammenhalt, der sie bisher durch alle Prüfungen getragen hatte.

Amara stand vor einer schwierigen Entscheidung: Entweder würde sie Lysandra retten und ihre

Eifersucht überwinden oder ihren düsteren Gedanken nachgeben und das Band der Freundschaft zerreißen. In diesem Moment erkannte sie, dass ihre wahre Stärke darin lag, über ihre eigenen Unsicherheiten und Ängste hinwegzusehen und das Richtige zu tun.

Mit einem festen Entschluss trat Amara auf die Tore zu. Sie waren von einer undurchdringlichen Dunkelheit umgeben, die den Raum mit einer bedrückenden Schwere erfüllte. Doch eine verborgene Kraft stieg in Amara auf, eine Entschlossenheit, die sie vorantrieb.

Die Prüfung, die auf sie wartete, war eine Reise durch ihre eigenen dunklen Gedanken und tiefsten Ängste. Amara musste sich ihren schmerzhaftesten Erinnerungen stellen, sich ihren Schwächen und Fehlern offenbaren und den Mut finden, sie zu akzeptieren und daraus zu lernen.

In der ersten Prüfung wurde sie mit dem Verlust ihrer Familie konfrontiert, mit der Angst, wieder allein zu sein. In der zweiten Aufgabe mit ihrer eigenen Vergangenheit, mit den Entscheidungen, die sie getroffen hatte und die sie bereute. In der dritten Prüfung wurde sie mit ihrer Eifersucht konfrontiert, die sie fast erstickt hätte.

Amara kämpfte gegen die düsteren Schatten ihrer Seele an und durchlief jede Prüfung mit einer nie gekannten inneren Kraft. Sie erkannte, dass es nicht ihre Eifersucht war, die sie zu einer gewandten Kriegerin machte, sondern ihre Fähigkeit, sich über ihre eigenen Schwächen zu erheben und für das Wohl ihrer Freunde einzustehen.

Schließlich erreichte sie das Ende der Prüfungen und trat aus der Dunkelheit in einen Raum von strahlendem Licht. Vor ihr erhob sich ein Altar, auf dem ein magischer Gegenstand ruhte. Es war ein Anhänger, der die Kraft besaß, die Gefährten zu vereinen und ihre Bande zu stärken.

Amara nahm das Amulett in die Hand von dem Wärme und Energie, ausging. Entschlossenheit erfüllte Amara, als sie sich selbst eingestand, dass sie ihre Eifersucht überwunden hatte und bereit war, ihre Freundschaft zu retten.

Doch als sie zurück zu Heinz eilte, um ihm von ihrer Erkenntnis zu berichten, traf sie auf einen verstörenden Anblick. Lysandra lag bewusstlos am Boden, von dunklen Energien umgeben. Heinz stand regungslos daneben, seine Augen voller Verzweiflung.

Amara stürzte zu Lysandra und versuchte, die dunklen Energien abzuwehren, doch sie waren zu mächtig. Sie wandte sich an Heinz, der mit gebrochener Stimme flüsterte: „Es war meine Schuld... Ich habe versagt...".

Amara kniete neben der bewusstlosen Lysandra nieder und die bedrückende Schwere der dunklen Energien umgab sie, als wäre sie von einer undurchdringlichen Dunkelheit umgeben. Ihre Hände zitterten vor Entsetzen und Hilflosigkeit. Ihre Gedanken waren getrübt von der Überzeugung, dass sie ihre eigene Eifersucht besiegt hatte. Doch in diesem Moment wurde ihr klar, dass die Gefahr nicht vollständig gebannt war. Ein Funke der Besorgnis flackerte in ihren

Augen, als sie die bevorstehenden Herausforderungen erahnte.

Heinz stand regungslos da, seine Augen voller Schuldgefühle und Verzweiflung. Ein Schatten legte sich über Amaras Gesicht, als sie den Schmerz in seinem Blick erkannte. Die Schwere, die auf seinen Schultern lastete, drückte auch auf ihr eigenes Gemüt. Doch jetzt war keine Zeit für Vorwürfe oder Schuldzuweisungen. Sie musste handeln, bevor die dunklen Energien Lysandra gänzlich verschlangen.

Mit aller Kraft konzentrierte sich Amara auf ihre innere Stärke und rief die Magie der Vergessenen herbei. Sie formte einen schimmernden Schild aus reinem Licht um sich und Lysandra und ließ die heilende Energie durch ihre Hände fließen. Die dunklen Energien tobten und versuchten, sich gegen Amaras Schutz zu wehren, aber sie gab nicht auf. Sie kämpfte gegen die Dunkelheit an, mit jedem Atemzug, mit jeder Faser ihres Seins.

Stunden verstrichen in einem endlosen Fluss, jeder Atemzug wurde schwerer, und ihre Energie schwand zunehmend. Doch sie weigerte sich, aufzugeben. Lysandra war ihre Freundin, ihre Schwester im Herzen, und sie würde alles tun, um sie zu retten. Ihre Hände zitterten, ihr Körper wurde von Erschöpfung geschüttelt, aber sie gab nicht auf.

Da durchzuckte ein greller Lichtblitz die Luft, gefolgt von einem ohrenbetäubenden Knall. Die dunklen Energien wurden zurückgedrängt, und Amara sah, wie sich Lysandras Körper langsam entspannte. Sie hatte es geschafft! Lysandra atmete wieder, ihre leichte Brustbewegung verriet, dass sie am Leben war.

Erschöpft ließ Amara sich neben Lysandra nieder und betrachtete erleichtert ihr ruhiges Gesicht. Doch ihre Erleichterung währte nur kurz. Etwas stimmte nicht. Die dunklen Energien waren nicht verschwunden, sie hatten sich nur zurückgezogen. Eine bedrohliche Stille legte sich über den Raum, und Amara spürte eine Kälte, die ihr bis ins Mark drang.

Die Augen von Lysandra öffneten sich, und Amara erstarrte vor Schreck. Die kristallblauen Augen ihrer Freundin waren erloschen, von einer undurchdringlichen Dunkelheit erfüllt. Lysandras Gesicht verzerrte sich zu einem grausamen Lächeln, das nicht zu ihr gehörte.

Ein kalter Schauer lief Amara über den Rücken, als sie erkannte, dass dies nicht mehr ihre Freundin war. Die Dunkelheit hatte Besitz von Lysandras Körper ergriffen und sie zu einer Marionette der Finsternis gemacht. Das Opfer ihrer eigenen Eifersucht hatte einen Tribut gefordert, den Amara niemals hatte kommen sehen.

Heinz, der die ganze Zeit stumm zugeschaut hatte, brach in Tränen aus. „Ich... ich habe versagt", flüsterte er gebrochen. „Ich war so egoistisch, so blind vor meiner eigenen Schwäche. Nun ist Lysandra verloren, und es ist meine Schuld."

Ein Funke der Wut glühte in Amaras Innerem, wobei eine Welle der Trauer sie durchströmte. Wut auf sich selbst, dass sie nicht rechtzeitig erkannt hatte, was in ihr vorging. Wut auf Heinz, der seine eigenen Dämonen nicht besiegen konnte. Der unerbittliche Drang, Lysandra zu retten, durchdrang Amaras Gedanken und trieb sie voran.

Entschlossenheit kehrte in Amara zurück, als sie aufstand und Heinz fest anblickte. „Es ist noch nicht vorbei", sagte sie mit strikter Stimme. „Wir werden Lysandra nicht aufgeben. Wir werden sie von dieser Dunkelheit befreien, selbst wenn es uns das Leben kosten sollte."

Heinz schaute überrascht auf und in seinen Augen flackerte ein Funken Hoffnung. Gemeinsam machten sie sich auf den Weg, um Lysandra zu folgen und den Ursprung der dunklen Macht zu finden. Die Gewissheit, dass ihnen eine gefährliche Prüfung bevorstand, durchströmte sie wie ein eisiger Windhauch. Gemeinsam stellten sie sich der bevorstehenden Herausforderung, bereit, jeder Gefahr mutig entgegenzutreten.

Die Nacht brach herein, als Amara und Heinz in den finsteren Wald hinaustraten, gefolgt von den schattenhaften Klängen der Dunkelheit. Unsicherheit lag in der Luft, als sie sich dem unbekannten Schicksal entgegenstellten. Dennoch umschloss sie eine unbeirrbare Entschlossenheit, Lysandra aus den Klauen der Finsternis zu befreien.

Die Prüfung der Verzweiflung

Die Bäume ragten bedrohlich über Amara und Heinz auf, während sie tiefer in den finsteren Wald vordrangen. Die Dunkelheit schien mit jedem Schritt dichter zu werden, und das Knistern der Blätter im Wind erzeugte eine unheimliche Atmosphäre.

Die Luft lag schwer und geladen, während Amara ihre Umgebung aufmerksam beobachtete. Jede Faser ihres Körpers war gespannt, als sie die drohende Gefahr erahnte. Ihr Blick wanderte zu Lysandra, die sich inmitten des Chaos befand. Sie hatten bereits so viel gemeinsam durchgestanden und waren zu einer unzertrennlichen Einheit geworden. Lysandra war nicht nur ihre Freundin, sondern auch ein Teil von ihr selbst.

Heinz trat vorsichtig neben Amara und flüsterte leise: „Amara, ich kann nicht aufhören, mir Vorwürfe zu machen. Wenn ich doch nur meine eigenen Ängste überwinden könnte, hätten wir Lysandra niemals in diese Gefahr gebracht."

Amara legte ihre Hand auf Heinz' Schulter und sah ihm tief in die Augen. „Heinz, wir können uns jetzt keine Schuldzuweisungen leisten. Wir müssen gemeinsam stark sein und einen Weg finden, Lysandra zu retten. Die Dunkelheit hat sie zwar in ihrem Griff, aber wir dürfen die Hoffnung nicht aufgeben."

Mit diesen Worten setzten sie ihren Weg fort, immer tiefer in das undurchdringliche Dickicht des Waldes. Das Rascheln der Blätter wurde lauter, und ein unheimliches Wispern erfüllte die Luft. Die Dunkelheit umhüllte Amara wie ein erstickender Schleier. Ein Gefühl der beklemmenden Verzweiflung legte sich wie ein eiserner Griff um ihr Herz.

Übergangslos traten sie in eine kleine Lichtung, deren grasbewachsener Boden von einem schwachen Lichtschein erhellt wurde. In der Mitte befand sich ein seltsames Ritualsymbol, gezeichnet mit verblassten Runen und umgeben von einem Kreis aus leuchtenden Kerzen.

Amara und Heinz betrachteten das Symbol mit weit aufgerissenen Augen. Die Zeichen schienen sich förmlich in ihre Sinne zu brennen, und eine beunruhigende Aura umgab es, die ihre Haut schaudern ließ. Eine verstärkte Präsenz der Dunkelheit schien von dem Symbol auszugehen und die Luft um sie herum zu erdrücken. Sie standen vor dem finsteren Eingang, der düstere Ort ihrer Prüfung. Der Ort, an dem ihre Ängste und inneren Dämonen auf sie warteten, bereit, sie zu verschlingen. Eine unheilvolle Stille lag in der Luft, während sie sich gegenseitig anschauten und eine stumme Bestätigung fanden. Das Bewusstsein überkam sie, dass dies der entscheidende Moment war, der Ort, an dem sie ihre Stärke beweisen und Lysandra retten mussten.

Die Luft wurde dicker, und es erschienen Gestalten aus dem Nichts. Es waren ihre eigenen Abbilder, aber verzerrt und von Finsternis umhüllt. Amara sah eine Version von sich selbst, die von Eifersucht und Neid erfüllt war, während Heinz mit einem Abbild kämpfte, das von Angst und Selbstzweifeln geplagt wurde.

Die Kämpfe waren brutal und intensiv. Ein unheilvoller Schatten legte sich über Amaras Gemüt, als die verlockenden Klauen der Eifersucht langsam ihre Gedanken umschlangen. Doch sie kämpfte gegen die dunklen Energien an und erinnerte sich an die Liebe und Freundschaft, die sie mit Lysandra teilte. Sie weigerte sich, sich von der Dunkelheit überwältigen zu lassen.

Heinz hingegen kämpfte verbissen gegen seine eigenen inneren Dämonen. Er stellte sich seinen Ängsten und dem Gefühl der Unzulänglichkeit. Mit jedem Schlag gegen das verzerrte Abbild von sich selbst wuchs seine Stärke und Entschlossenheit.

Die Kämpfe schienen eine Ewigkeit zu dauern, aber Amara und Heinz gaben nicht auf. Sie kämpften Seite an Seite und fanden in ihrer Verbundenheit die Kraft, sich den dunklen Energien entgegenzustellen.

Nachdem sie ihre inneren Dämonen besiegt hatten, verblassten die verzerrten Abbilder und die Dunkelheit sowie das Ritualsymbol. Eine sanfte Brise wehte über die Lichtung und trug einen Hauch von Hoffnung mit sich.

Amara und Heinz atmeten schwer, erschöpft von der harten Prüfung. Ein ermutigendes Lächeln breitete sich auf ihren Gesichtern aus. Jeder einzelne Schritt, den sie unternommen hatten, hatte sie näher an ihr Ziel gebracht. Sie mussten weitermachen und Lysandra finden, bevor die Dunkelheit sie vollends verschlingen konnte.

Mit jedem Schritt, den sie durch den dichten Wald setzten, verstärkte sich Amaras Argwohn. Die Geräusche der Natur, das Rascheln der Blätter und das Zwitschern der Vögel, schienen gedämpft zu sein. Ein unbestimmtes Gefühl der Unruhe durchströmte ihren Körper, als ob etwas Ungewöhnliches in der Luft lag. Ihre Sinne waren geschärft, als sie aufmerksam die Umgebung beobachtete. Eine Vision durchzuckte ihren Geist, und sie sah eine Reihe von Bildern, die ihr das Herz schwer werden ließen.

Sie sah Lysandra in einem düsteren Verlies gefangen, von Schatten umgeben und verzweifelt nach Rettung suchend. Amara presste ihre Hände fest auf ihr pochendes Herz, das wild in ihrer Brust schlug. Die Emotionen tobten in ihr wie ein stürmischer Ozean, ihre Angst und ihr Schmerz mischten sich zu einem überwältigenden Gefühl. Doch mitten in dieser Turbulenz formte sich ein Entschluss in ihrem Inneren. Sie würde alles tun, um Lysandra zu retten, selbst wenn es bedeutete, ihre eigene Sicherheit zu opfern.

Mit einer neuen Entschlossenheit setzten Amara und Heinz ihre Reise fort, getrieben von der Hoffnung, Lysandra zu finden und die Dunkelheit zu besiegen. Die Luft war erfüllt von einer unheilvollen Stille, derweil sie ihre Schritte vorsichtig setzten. Ihre Blicke waren entschieden, ihre Körper angespannt vorbereitet auf das, was kommen mochte.

Das Lied der Hoffnung

Die Reise von Amara und Heinz war von nun an von einer drängenden Eile geprägt. Die Uhr tickte unaufhörlich, und sie waren sich bewusst, dass Lysandra in großer Gefahr schwebte. Mit schnellen Schritten eilten sie durch den Wald, ihre Herzen pochten vor Anspannung. Keine Worte waren nötig, um die Dringlichkeit ihrer Mission zu verstehen. Die Gefahr, die über ihrer Freundin schwebte, trieb sie an. Ihre Blicke trafen sich, und sie nickten einander zu.

Die Dunkelheit des Waldes umhüllte sie wie eine undurchdringliche Decke, und das Knistern der Blätter erinnerte sie stets an die schleichende Bedrohung, die sich in den Schatten verbarg. Amara's Herz begann schneller zu schlagen, als sie durch den düsteren Wald ging. Eine unheimliche Präsenz umgab sie, und ihr Instinkt sagte ihr, dass die Finsternis selbst ihre Schritte verfolgte.

Heinz, der sein Schwert fest umklammert hielt, sprach kaum ein Wort. Seine Augen waren stets wachsam, bereit, jeden Angriff abzuwehren. Eine

Welle der Verantwortung durchströmte ihn und machte sein Herz schwer. Die Last von Lysandras Schicksal drückte auf seine Schultern, aber er ließ sich davon nicht entmutigen.

Tag um Tag verging, und sie kamen Lysandras Spur immer näher. In Amaras Geist flammten die Visionen auf wie wilde Feuer. Die Bilder wurden stärker und klarer, als ob sie in die Realität übergingen. Die Qual und Verzweiflung ihrer Freundin drückten auf ihr eigenes Herz. Sie schloss die Augen und konzentrierte sich, um die Verbindung zu vertiefen. Die Emotionen ihrer Freundin durchdrangen sie, als wäre sie selbst in Lysandras Haut. Doch es gab auch eine andere Empfindung, eine düstere Ahnung, die sich in ihrem Inneren breitmachte.

Endlich erreichten sie eine alte verlassene Festung, die von den Schatten der Vergangenheit gezeichnet war. Sie betraten die düsteren Gemäuer mit Vorsicht, ihre Herzen voller Furcht und Hoffnung zugleich. Jeder Schritt hallte laut durch die verlassenen Gänge und erzeugte eine bedrückende Stille.

In einem der düsteren Gewölbe stießen sie auf einen uralten Altar, der von einer mystischen Aura umgeben war. Amara hob langsam ihre Hand und streckte sie in Richtung des Altars aus. Eine seltsame Energie schwebte in der Luft und umhüllte den Raum. Es war, als ob unsichtbare Fäden die Welt um sie herum mit dem Altar verbanden. Die Haare auf Amaras Armen richteten sich auf, wie die Präsenz dieser unbekannten Energie sie durchströmte, solange sie näher an den Altar herantrat. Jeder Schritt, den sie machte, verstärkte das Gefühl, dass dieser Ort ein Portal zwischen den Welten war.

Nun erschienen die Schatten der Finsternis vor ihnen, wirbelten in einer wirren Spirale aus Dunkelheit und manifestierten sich schließlich in einer Gestalt von erschreckender Schönheit. Es war Lysandra, aber sie war verändert. Ihr Körper war von schimmernden Schatten durchzogen, und ihr Blick war leer und fern.

Amara und Heinz starrten schockiert auf Lysandra, die von den Schatten der Finsternis geschwängert worden war. Die Nachricht traf sie wie ein Schlag ins Gesicht, und eine Mischung aus Trauer und Entschlossenheit erfüllte ihre Herzen. Ihre Blicke begegneten sich und ein stummes Einverständnis lag zwischen ihnen. Sie waren sich bewusst, dass ihre Mission nun noch größer wurde. Es war nicht nur Lysandra, die gerettet werden musste, sondern auch das ungeborene Leben, das in ihr heranwuchs.

Ohne zu zögern, setzten Amara und Heinz ihre Reise fort. Jeder Schritt wurde von einer brennenden Leidenschaft begleitet, die sie vorantrieb. Sie folgten den düsteren Spuren der Schatten, die sie tiefer in die Festung führten.

Die Gänge schienen endlos zu sein, und das Klirren von Waffen hallte von den kalten Steinwänden wider. Die Kämpfe gegen die Kreaturen der Finsternis waren brutal und intensiv, aber Amara und Heinz kämpften wie Löwen, um ihrer Mission gerecht zu werden.

Schließlich erreichten sie den innersten Kern der Festung, einen finsteren Raum, in dem das Ritual der Schatten stattfand. Vor ihnen stand der Anführer der Uedkult, eine grauenhafte Gestalt von dunklem Zauber umhüllt.

Heinz und Amara traten mutig vor, ihre Körper angespannt und bereit für den bevorstehenden Kampf. Der Anführer erhob sich majestätisch vor ihnen, seine Präsenz füllte den Raum. Er lachte höhnisch und enthüllte, dass Lysandras Schicksal bereits besiegelt war. Das ungeborene Kind gab den Schlüssel zu einem dunklen Ritual, das die Finsternis über die Welt bringen würde.

In einem letzten verzweifelten Versuch griff Amara nach der Kraft der Vergessenen und schleuderte einen mächtigen Zauber auf den Anführer. Doch ihre Erschöpfung und der Widerstand des Anführers waren zu groß, und der Zauber prallte ab.

Doch da ergriff der Anführer Lysandra und zog sie in die Dunkelheit des Ritualaltars. Ein schrecklicher Schrei hallte durch den Raum, gefolgt von einem markerschütternden Schweigen. Amara und Heinz starrten fassungslos auf den leeren Altar, der nun nur noch von schimmernden Schatten umgeben war.

Amara brach auf die Knie und ließ ihre Tränen der Verzweiflung frei fließen. Heinz stand starr und stumm da, sein Schwert locker in seiner Hand. Die Dunkelheit schien sich um sie herum zu verdichten, und das Gefühl von Hoffnungslosigkeit erfüllte ihre Herzen.

Doch inmitten der Dunkelheit flackerte ein Funken des Widerstands in ihren Augen. Sie schworen, Lysandra nicht aufzugeben, und gelobten, alles zu tun, um das ungeborene Kind zu beschützen. Mit einer eisernen Entschlossenheit setzten sie ihren Weg fort, bereit, gegen die Finsternis anzukämpfen.

Der Aufstieg des Lichts

Das Herz von Amara und Heinz war erfüllt von einer brennenden Entschlossenheit. Sie hatten Lysandra verloren, aber sie würden nicht aufgeben. Das ungeborene Kind war ihr Hoffnungsschimmer, und sie würden alles tun, um es zu beschützen.

Die Reise führte sie weiter durch düstere Landschaften, die von den Schatten der Finsternis beherrscht wurden. Doch sie ließen sich nicht von der Dunkelheit einschüchtern. Stattdessen ließen sie das Licht in ihren Herzen erstrahlen und schufen eine Barriere aus Hoffnung und Mut um sich herum.

In den kommenden Wochen durchquerten sie gefährliche Sümpfe, durchstießen undurchdringliche Wälder und überwanden eisige Gebirgspässe. Jeder Schritt war eine Herausforderung, und jeder Moment war von der Gewissheit geprägt, dass das Schicksal der Welt von ihren Taten abhing.

Schließlich erreichten sie das Reich der Zwerge, ein majestätisches und geheimnisvolles Land, das tief in den Bergen verborgen lag. Die Zwerge waren bekannt für ihre mächtigen Fähigkeiten und ihre alte Weisheit. Sie waren die letzte Hoffnung von Amara und Heinz.

Die Zwerge empfingen die beiden Reisenden mit Respekt und Ehrerbietung. Sie erkannten den Ernst der Lage und ihnen wurde die Bedeutung ihrer Mission bewusst. Ein alter Zwerg namens Balar führte sie in die Hallen der Weisheit, einen prachtvollen Saal, in dem die Ältesten versammelt waren.

Die Ältesten hörten aufmerksam zu, als Amara und Heinz ihre Geschichte erzählten. Sie berichteten von Lysandras Opfer und dem ungeborenen Kind, das nun in Gefahr schwebte. Die Zwerge waren von der Entschlossenheit und dem Mut der beiden beeindruckt und versprachen, ihnen zu helfen.

Balar, der Anführer der Ältesten, erklärte, dass es einen Weg gab, das ungeborene Kind vor den

Schatten der Finsternis zu schützen. Es gab ein uraltes Artefakt, das als „Kristall des Lichts" bekannt war. Dieser Kristall hatte die Macht, die Finsternis zu bannen und das Licht der Hoffnung zu entfachen.

Doch der Kristall des Lichts war nicht leicht zu erreichen. Er wurde von einer Kreatur bewacht, die tief in den verschlungenen Höhlen des Berges lauerte. Diese war bekannt als der Wächter der Finsternis. Er war ein furchterregendes Wesen von unvorstellbarer Stärke.

Amara und Heinz akzeptierten die Herausforderung und begaben sich auf den gefährlichen Weg zu den Höhlen des Berges. Der Aufstieg war steil und beschwerlich, und die Dunkelheit schien mit jedem Schritt dichter zu werden.

Das Licht des Tages verblasste, als sie die Höhlen betraten. Die Luft war stickig und schwer, als ob sie von der bedrückenden Präsenz des Wächters der Finsternis erfüllt wäre. Ein Kälteschauer lief ihnen über den Rücken, als sie tiefer in die Dunkelheit vordrangen. Ihre Schritte waren gedämpft, während sie sich langsam vorwärts tasteten. Die Stille wurde drückend, nur das Flüstern des Windes und das Echo ihrer eigenen Atemzüge füllte die Höhlen. Die Anwesenheit des Hüters hing schwer in der Luft, seine Aura der Dunkelheit umhüllte sie wie ein unsichtbarer Schleier. Jeder Zug war mit einer undefinierbaren Spannung erfüllt. Die Augen des Wächters funkelten rot wie Glut in der Schwärze, und sein gewaltiger Körper war von Schatten umhüllt. Es würde ein erbitterter Kampf werden.

Amara und Heinz zögerten keinen Moment. Sie griffen den Wächter mit all ihrer Kraft an, ihre Waffen blitzten im Schein des schwachen Lichts, das durch die Höhlen drang. Doch der Wächter war mächtig und widerstandsstark. Seine Schläge waren vernichtend und seine Angriffe unaufhaltsam.

Die Schlacht schien aussichtslos, aber Amara und Heinz kämpften verbissen weiter. Sie schöpften ihre letzten Reserven an Mut und Stärke aus und gaben alles, um den Wächter zu besiegen. Der

Kampf tobte weiter, und das Echo ihrer Kämpfe hallte durch die Höhlen.

Als der Wächter der Finsternis zu einem letzten vernichtenden Angriff ausholte, geschah etwas Unerwartetes. Ein helles Licht strahlte aus Amaras und Heinz' Herzen und verschmolz zu einer mächtigen Energiequelle. Mit einem kraftvollen Schlag gelang es ihnen, den Wächter zu bezwingen.

Die Dunkelheit wurde zurückgedrängt, und das Licht triumphierte. Der Weg zum Kristall des Lichts lag offen vor ihnen. Amara und Heinz schritten weiter, begleitet von einem Gefühl der Hoffnung und Erleichterung.

Endlich erreichten sie den Raum, in dem der Kristall des Lichts ruhte. Er glänzte in strahlendem Glanz und schien die Dunkelheit, um sich herum zu vertreiben. Mit zitternden Händen hob Amara den Kristall auf und spürte die immense Macht, die von ihm ausging.

Sie wussten, dass der Kristall des Lichts ihr letzter Trumpf gegen die Finsternis war. Nun mussten sie nur noch den gefährlichen Weg zurückgehen und das Artefakt zu Lysandra bringen.

Sie schritten entschlossen aus den Höhlen und begannen den Rückweg. Die Umgebung schien sich langsam zu verändern, als eine bedrohliche Spannung in der Luft lag. Der Wind wurde kalt und unheilvoll, und düstere Wolken zogen am Himmel auf. Das Zwitschern der Vögel verstummte, und ein gespenstisches Schweigen senkte sich über die Landschaft. Eine finstere Präsenz schien sie zu umgeben, und das Flüstern der Schatten kroch ihnen ins Ohr. Etwas Böses näherte sich, und sie hatten keine Zeit zu verlieren.

Der Tanz der Schatten

Amara und Heinz eilten, so schnell sie konnten durch die finsteren Wälder. Die Last des Kristalls des Lichts in Amaras Händen erinnerte sie ständig an die Verantwortung, die auf ihren Schultern lag. Sie durften keine Zeit verlieren, denn das ungeborene Kind in Lysandras Leib war bereits im fünften Monat, und jede Minute zählte.

Das Flüstern der Schatten wurde lauter, und die Dunkelheit schien sich um sie herum zu verdichten. Die Bäume rauschten bedrohlich im Wind, und das Knacken von Zweigen ließ sie zusammenzucken. Sie waren nicht allein. Etwas Böses lauerte in den Schatten, und es hatte sie längst als seine Beute auserkoren.

Da erschienen düstere Gestalten zwischen den Bäumen. Die Schatten der Finsternis materialisierten sich zu grotesken Kreaturen mit scharfen Klauen und leuchtenden Augen. Sie umzingelten Amara und Heinz, ihre Zähne fletschend und grässlich kreischend.

Die Luft füllte sich mit dem Klang von Waffen, als der Kampf entbrannte. Die beiden Helden stürzten sich mutig in die Schlacht, ihre Körper von Entschlossenheit erfüllt. Ihre Waffen durchschnitten die Luft, solange sie gegen die schattenhaften Wesen kämpften. Doch diese Kreaturen waren hartnäckig und erschienen in immer größerer Anzahl. Es schien, als ob die Dunkelheit selbst gegen sie Krieg führte.

Amara realisierte, wie ihre Kräfte schwanden. Die Erschöpfung nagte an ihrem Körper, und die Finsternis drohte, sie zu umhüllen. Sie verstand, dass es nicht an der Zeit war aufzugeben, dass es ihre Pflicht war, für das Licht und die Hoffnung zu kämpfen. Mit einem letzten Aufbäumen schleuderte sie den Kristall des Lichts in die Luft.

Der Kristall schien für einen Moment in der Luft zu schweben, bevor er erstrahlte und ein gleißendes Licht ausströmte. Die Schatten der Finsternis wichen zurück, geblendet von der Macht des Lichts. Amara nutzte diesen Moment der Schwäche aus und schleuderte ihre Waffe in die Reihen der Kreaturen. Sie kämpfte mit unermüdlicher Entschlossenheit, während das Licht des Kristalls die Dunkelheit durchbrach.

Heinz kämpfte an ihrer Seite, seine Klinge wirbelte in rasenden Bewegungen. Die Wut stieg in ihm auf, der Zorn über das Unrecht und die Bedrohung, die von den Schatten der Finsternis ausging. Er zog für Lysandra und das ungeborene Kind ins Feld, für all diejenigen, die das Licht der Hoffnung brauchten.

Doch trotz ihres heldenhaften Kampfes schien die Dunkelheit immer mehr überhandzunehmen. Die Schatten der Finsternis wurden zahlreicher und mächtiger, und Amara und Heinz drohten in der Überzahl zu ertrinken.

Aus dem Nichts erschien eine Gestalt zwischen den Schatten. Es war Lysandra. Ihr Blick war leer, und ihr Körper schien von einer unheimlichen Aura umgeben zu sein.

Die Dunkelheit hatte sie bereits in ihren Bann gezogen.

Amara und Heinz erstarrten vor Entsetzen. Sie hatten gehofft, Lysandra retten zu können, doch nun schien sie selbst zu einer Gefahr zu werden. Ihre Augen leuchteten in einem unnatürlichen Glanz, und sie war von einer übernatürlichen Stärke erfüllt.

„Lysandra, kämpf gegen die Dunkelheit an! Wir sind hier, um dich zu retten!", rief Amara verzweifelt.

Doch Lysandra antwortete nicht. Sie bewegte sich langsam auf Amara und Heinz zu, ihre Schritte leicht wie ein Schatten. Die Dunkelheit verschmolz mit ihr, und sie schien eins mit ihr zu werden.

„Heinz, wir müssen sie aufhalten. Wir dürfen sie nicht verlieren", flüsterte Amara mit bebender Stimme.

Heinz nickte, sein Herz voller Sorge um Lysandra. Gemeinsam griffen sie an, ihre Waffen gegen die finsteren Kreaturen und auf ihre einstige

Gefährtin gerichtet. Der Kampf wurde immer verzweifelter, doch sie gaben nicht auf.

Inmitten des Chaos, geschah etwas Unerwartetes. Das Licht des Kristalls entfachte eine magische Welle, die die Schatten der Finsternis zurückdrängte und einen Moment der Ruhe schuf. In diesem Augenblick der Stille hörten sie eine leise Stimme, die aus der Dunkelheit zu ihnen sprach.

„Amara, Heinz, ihr seid stark und tapfer. Doch um Lysandra zu retten, müsst ihr den Pfad der Opferung betreten. Opfert euer eigenes Licht, um das ihre wiederzuerwecken."

Amara und Heinz sahen sich an, und ohne ein Wort zu sagen, war ihnen klar, was zu tun war. Sie ließen ihre Waffen fallen und umarmten sich fest. Ihre Körper zu leuchteten, und das Licht ihrer Seelen vereinte sich zu einer strahlenden Energie.

Mit letzter Kraft streckten sie ihre Hände aus und berührten Lysandras kalte, schattenhafte Gestalt.

Das Licht durchströmte sie, durchdrang die Dunkelheit und weckte einen Funken von Lysandras eigener Essenz wieder zum Leben.

In einem Augenblick der Klarheit brach Lysandra zusammen. Die Dunkelheit wich von ihr zurück, und sie atmete schwer. Ihr Blick war wieder klar, und ein schwaches Lächeln spielte um ihre Lippen.

„Amara... Heinz... ich danke euch", flüsterte sie mit erstickter Stimme.

Amara und Heinz sanken erschöpft zu Boden, die Opferung ihres eigenen Lichts hatte sie bis an ihre Grenzen gebracht. Doch ihr Ziel hatten sie erreicht: Lysandra war gerettet.

Es war keine Zeit zu verlieren. Die Reise zu den Zwergen, um Lysandras Kind in Sicherheit zu bringen, musste fortgesetzt werden. Mit letzter Kraft standen sie auf und setzten ihren Weg fort, ihre Herzen erfüllt von Entschlossenheit und Hoffnung.

Während Lysandra langsam auf die Beine kam, nahm sie eine Veränderung in sich wahr. Das Kind in ihrem Bauch schien zu wachsen und sich zu regen. Eine neue Stärke durchströmte sie. Ein Gefühl der Verbundenheit erfüllte sie, als ob das Kind in ihrem Inneren eine besondere Bedeutung hatte.

Die Gefahr war noch nicht vorbei, und die Finsternis lauerte weiterhin in den Schatten. Doch Amara, Heinz und Lysandra waren bereit, sich dieser Dunkelheit entgegenzustellen. Sie würden für das Licht kämpfen, ihre Liebe und eine bessere Zukunft.

Die Nacht brach herein, und sie errichteten zwei Zelte, bevor sie ihre Reise zu den Zwergen fortsetzten. Die Sterne funkelten am Himmel, und der Wind trug die leise Melodie der Hoffnung zu ihnen.

Erschöpft von den Strapazen des Tages, kuschelten sie sich eng aneinander, bereit, in den Schlaf zu sinken. Doch als die Dunkelheit sie umgab, war dort eine beklemmende Präsenz, die ihnen das

Gefühl gab, beobachtet zu werden. Eine unheimliche Stille erfüllte den Raum, und ihr Atem wurde flacher, und ihr Herz begann schneller zu schlagen. Ein Schatten bewegte sich lautlos zwischen den Bäumen, und die Luft war voll von einer unheilvollen Aura.

Ihre Sinne wurden alarmiert, und sie griffen nach ihren Waffen. Das Böse war ihnen dicht auf den Fersen, und es würde nicht eher ruhen, bis es sie vernichtet hatte.

Mit klopfenden Herzen und einer Entschlossenheit, die selbst die Dunkelheit fürchtete, warteten sie auf das, was da kommen mochte.

Der Ruf der Zwerge

Die Nacht hatte ihre düsteren Schatten über das Lager gelegt, als Amara, Heinz und Lysandra ihre Reise zu den Zwergen antraten. Ihre Herzen waren schwer von den Ereignissen der vergangenen Tage, aber sie waren voller Entschlossenheit, das Unheil, das ihnen auf den Fersen war, zu besiegen. Ihr Ziel war klar: Sie mussten eine Armee sammeln, um den Kampf gegen die Uedkult zu führen.

Die Reise zu den Zwergen war lang und beschwerlich. Sie mussten durch gefährliche Wälder und über steile Berge wandern, doch sie ließen sich nicht entmutigen. Ihr Glaube an ihre Mission und die Liebe, die sie füreinander empfanden, gaben ihnen die Kraft, jede Herausforderung zu überwinden.

Nach vielen Tagen erreichten sie endlich das Zwergenreich. Es lag tief in den Bergen verborgen, und der Anblick war atemberaubend. Die steinernen Türme und prächtigen Hallen der Zwerge ragten stolz in den Himmel und zeugten von ihrer jahrhundertealten Tradition des Handwerks und der Magie.

Als sie das Zwergenkönigreich betraten, wurden sie von einem imposanten Zwergenkönig namens Gundrik begrüßt. Sein weißer Bart und seine tiefe Stimme verliehen ihm eine majestätische Ausstrahlung. Er hörte ihre Geschichte und ihre Bitte um Unterstützung geduldig an.

„Gut, dass ihr gekommen seid", sagte Gundrik mit ernster Miene. „Die Zeichen der Bedrohung sind überall zu sehen. Die Uedkult sind eine mächtige und gefährliche Kraft, die wir nicht unterschätzen dürfen. Doch wir Zwerge werden an eurer Seite stehen und unsere Fähigkeiten einsetzen, um euch zu unterstützen."

Gundrik führte sie in die Schmieden der Zwerge, wo ihre magischen Waffen und Rüstungen hergestellt wurden. Das Zwergenvolk war berühmt für sein meisterhaftes Handwerk, und ihre Klingen und Rüstungen waren von unübertroffener Qualität. Die Zwerge schmiedeten Waffen, die nicht nur gegen die Uedkult effektiv waren, sondern auch magische Eigenschaften hatten, um ihnen im Kampf zu helfen.

Während die Zwerge emsig arbeiteten, um die Waffen zu schmieden, erfuhr Amara eine überraschende Veränderung. Ihr Herz begann schneller zu schlagen, als sie diese unerklärliche Kraft durchdrang, eine Macht, die sie nie zuvor erlebt hatte. Sie erkannte, dass das Licht, das sie geopfert hatte, jetzt in ihr weiterlebte.

Eines Tages, derweil sie durch die Hallen der Zwerge wandelte, traf Amara auf eine Zwergin namens Elara. Sie war eine erfahrene Magierin und hatte ein tiefes Verständnis für die Geheimnisse der Magie. Sie erkannte sofort das besondere Licht, das Amara umgab.

„Du bist von einem göttlichen Licht erfüllt", sagte Elara mit einem ehrfürchtigen Blick. „Es ist ein Zeichen der Auserwählten. Du bist dazu bestimmt, Großes zu vollbringen."

Amara starrte mit weit aufgerissenen Augen auf das, was sich vor ihr enthüllt hatte. Die Worte, die sie gehört hatte, hallten in ihrem Kopf wider und ließen sie sprachlos zurück. Ein Gefühl der Verantwortung durchströmte sie, als sie die Bedeutung dieser Offenbarung erfasste. Sie musste lernen, diese neue Macht zu beherrschen und sie für das Gute einzusetzen.

Lysandra legte sanft ihre Hand auf ihren Bauch und spürte, wie das Leben darin pulsierte. Sie war im fünften Monat schwanger, und mit jedem Tag nahm die Präsenz ihres ungeborenen Kindes an Intensität zu. Ein zartes Kribbeln durchströmte sie, wobei sie die kleinen Bewegungen ihres Babys wahrnahm. Es war, als ob das Kind bereits eine Verbindung zu ihr aufgebaut hatte, und ihre Nähe suchte. Doch es war keine gewöhnliche Schwangerschaft. Das Kind war nicht nur von ihr und Heinz, sondern auch von den Schatten der Finsternis, denen sie sich bei der Prüfung stellen musste.

Die Dunkelheit, die in ihrem Inneren wuchs, verlieh ihr neue Fähigkeiten, aber es war auch eine ständige Bedrohung für sie und ihre geliebten Begleiter. Sie war hin- und hergerissen zwischen ihrer Liebe zu Heinz und ihrer Verbindung zu den Schatten.

Die Tage vergingen, und die Zwerge vollendeten ihre Arbeit. Die Waffen und Rüstungen waren bereit für den bevorstehenden Kampf gegen die Uedkult. Heinz, Amara und Lysandra waren beeindruckt von der Handwerkskunst der Zwerge und der Macht, die in den magischen Waffen steckte.

Als der Tag der Abreise gekommen war, versammelten sich die Zwerge, um ihnen Glück zu wünschen und ihre Dankbarkeit auszudrücken. Gundrik trat vor und sprach mit lauter Stimme: „Möge das Licht euch begleiten und die Dunkelheit in Schach halten. Mögen eure Herzen stark und eure Klingen wahr sein. Möge der Sieg euch gehören!"

Die Reise zu den Uedkult würde nicht leicht sein, doch sie waren bereit, sich der Herausforderung zu stellen. Mit den magischen Waffen der Zwerge in ihren Händen und der Hoffnung in ihren Herzen machten sie sich auf den Weg zurück ins Lager.

Die Gefahr, die auf sie lauerte, war größer denn je, und die Zukunft war ungewiss. Doch sie waren fest entschlossen, für das Licht zu kämpfen,ihre Liebe und das Überleben der Welt, die sie kannten.

Sobald sie weiter durch das Land zogen, wurde Lysandras Schwangerschaft deutlicher sichtbar. Ihr Körper trug das Zeichen des Unheils, aber auch die Verheißung einer neuen Hoffnung. Die Liebe zwischen Heinz und Lysandra war stark genug, um selbst die Dunkelheit zu überwinden.

Amara spürte die Macht des Lichts in sich und die Verantwortung, die damit einherging. Sie hatte die Fähigkeit, das Böse zu bekämpfen und das Leuchten zu verbreiten. Doch ihr war auch bewusst, dass diese Macht eine große Versuchung darstellte und sie daran erinnerte, dass das Licht nicht immer so rein war, wie es schien.

Die Tage vergingen, und sie kamen näher an das Lager der Uedkult heran. Die Dunkelheit hing schwer in der Luft, und die Gefahr war greifbar. Doch sie waren bereit, sich dem entgegenzustellen.

Ein dumpfes Grollen erfüllte die Luft und drang in ihre Ohren. Sie horchten aufmerksam, während sich das Geräusch näherte und lauter wurde. Eine unbestimmte Bedrohung lag in der Luft, und eine unheimliche Präsenz, die sich um sie herum manifestierte. Die Uedkult hatten ihre Streitkräfte verstärkt und warteten darauf, ihnen entgegenzutreten. Heinz, Amara und Lysandra wussten, dass dies der Moment der Entscheidung war, der Moment, in dem sie ihr Schicksal erfüllen und das Böse besiegen mussten.

Sie errichteten zwei Zelte, um dort die Nacht zu verbringen, bevor sie den finalen Kampf antraten. Ein drückendes Schweigen erfüllte den Raum, und die Anspannung war greifbar. Jeder Atemzug schien schwer zu sein, und die Stille verstärkte das Gefühl der Bedeutung, das in der Luft hing.

Amara und Lysandra teilten sich ein Zelt, während Heinz in dem anderen schlief. Doch in der Dunkelheit der Nacht konnte Amara die Eifersucht in ihrem Inneren nicht mehr ignorieren. Sie hatte gesehen, wie Lysandra und Heinz sich immer näher gekommen waren, und ihr Herz brannte vor Schmerz.

In einem Moment der Schwäche und Verzweiflung entschied sich Amara, zu Heinz zu schleichen. Sie wollte seine Aufmerksamkeit, seine Liebe, für sich allein haben. Leise und vorsichtig schlich sie sich in das Zelt, in dem Heinz schlief.

Als sie sich ihm näherte, erwachte er und schaute sie überrascht an. „Amara, was tust du hier?", flüsterte er.

„Bitte, Heinz", flehte sie mit Tränen in den Augen. „Ich kann es nicht ertragen, sie mit dir zu sehen. Lass uns gemeinsam sein, nur für diese eine Nacht."

Heinz war hin- und hergerissen zwischen seinen Gefühlen für Amara und seiner Liebe zu Lysandra. Doch er vermochte Amaras verzweifelte Bitte nicht zu ignorieren.

„Ich verstehe deine Qual, Amara", sagte er sanft. „Aber wir dürfen unsere Liebe nicht durch Verrat und Lügen zerstören. Du musst deine Eifersucht überwinden und dich mit der Realität abfinden."

Amara schluchzte leise und verstand die Wahrheit seiner Worte. Sie hatte eine Prüfung zu bestehen, eine Prüfung ihrer eigenen Stärke und Loyalität.

Die Nacht verging in einem Meer von gemischten Emotionen. Amara und Heinz lagen eng umschlungen, aber ihre Herzen waren weit voneinander entfernt. Die Gewissheit lag in ihren Augen, dass sie sich der Wahrheit stellen mussten, bevor sie ihren Weg fortsetzen konnten.

Als der Morgen anbrach, verließen sie das Zelt und trafen auf Lysandra, die bereits auf sie wartete. Ihre Augen waren geschwächt von den Tränen, die sie in der Nacht geweint hatte. Doch ihre Entschlossenheit und Liebe waren ungebrochen.

Die Blicke der drei trafen sich in einem stummen Austausch. In ihren Augen spiegelte sich die Ernsthaftigkeit der Situation wider, während sie sich bewusst wurden, dass eine schwierige Entscheidung bevorstand. Sie mussten ihre persönlichen Kämpfe überwinden und sich auf das größere Ziel konzentrieren.

„Heinz, Amara", begann Lysandra mit zitternder Stimme. „Wir müssen uns unserer Aufgabe stellen. Wir können unsere Liebe und unsere Freundschaft nicht aufs Spiel setzen. Wir müssen stark bleiben und das Böse besiegen."

Amara und Heinz nickten langsam und entschlossen. Ihnen war bewusst, dass Lysandra recht hatte. Sie mussten ihre persönlichen Konflikte überwinden und sich gemeinsam dem Bösen entgegenstellen.

Mit vereinten Kräften setzten sie ihre Reise fort. Ihre Blicke waren nach vorne gerichtet, auf das Lager der Uedkult, wo die Schlacht stattfinden würde. Sie hatten keine Ahnung, was sie erwar-

tete, aber sie waren bereit, bis zum Ende zu
kämpfen.

Sie schritten voran, ihre Schritte entschlossen und
den Blick nach vorn gerichtet. Doch während sie
ihrem Schicksal entgegenritten, durchdrang sie
ein Gefühl von Verbundenheit und Schutz. Dort
war die Präsenz des ungeborenen Lebens, das in
Lysandras Bauch heranwuchs. Es war ein Kind
der Finsternis, das sie in sich trug, doch sie
würden alles daransetzen, es vor den Einflüssen
der Uedkult zu beschützen.

Die Zeit verging, und sie erreichten schließlich
das Lager der Uedkult. Eine dunkle Wolke hing
über dem Ort, und das Böse war greifbar. Ihre
Herzen pochten vor Aufregung und Angst, während sie sich auf den finalen Kampf vorbereiteten.

Ein lauter Schrei durchbrach die Stille. Es war
Lysandra, die von plötzlichen Wehen ergriffen
wurde. Das Kind in ihr wollte zur Welt kommen,
und es gab keine Zeit mehr zu verlieren.

Amara und Heinz umringten Lysandra, während sie inmitten des Chaos und der Dunkelheit ihr Kind zur Welt brachte. Es war ein Moment der Hoffnung und Verzweiflung zugleich.

In dem Moment, als das Kind das Licht der Welt erblickte, lag eine beängstigende Aura in der Luft. Es war nicht nur ein Kind der Finsternis, sondern auch ein Wesen von unglaublicher Macht. Der Kampf gegen die Uedkult war nicht mehr nur ein Kampf für ihre eigene Existenz, sondern auch für das Schicksal dieses Kindes.

Die Zeit schien stillzustehen, als sie das Neugeborene betrachteten. Es war ein Symbol der Dunkelheit und der Unschuld. Ihre Mission wurde bedeutsamer und schwieriger.

Mit dem Kind der Finsternis in ihren Armen und dem bevorstehenden Kampf vor Augen wussten Amara, Heinz und Lysandra, dass ihnen ein schicksalhafter und gefährlicher Weg bevorstand. Die Fragen nach der Bestimmung des Kindes und ihrem eigenen Schicksal lagen schwer auf ihren Schultern.

Während sie das neugeborene Kind betrachteten, erfasste sie ein Gefühl der Hoffnung, aber auch eine unerklärliche Angst. Sie wussten, dass der Kampf gegen die Uedkult nicht nur ihre eigenen Leben, sondern auch das Schicksal der Welt beeinflussen würde. Und während die Dunkelheit um sie herum wuchs, spürten sie den Druck, das Licht in ihren Herzen zu bewahren.

In der Ferne erklang ein bedrohliches Knurren, und die Uedkult rückten näher. Die Zeit drängte, und sie erkannten, dass ihr Schicksal besiegelt war. Sie mussten ihre Kräfte bündeln und sich dem Bösen entgegenstellen, um eine Chance auf Überleben und eine Zukunft zu haben.

Das Schicksal hatte sie zusammengeführt, und nun würden sie Seite an Seite kämpfen. Doch welche Opfer würden sie bringen müssen, um ihre Mission zu erfüllen? Und würde ihre Liebe stark genug sein, um den Herausforderungen standzuhalten, die vor ihnen lagen?

Das Abenteuer hatte gerade erst begonnen, und das Schicksal der Welt hing von ihren Entscheidungen und ihrem Mut ab. In der Dunkelheit der kommenden Schlacht würden sie ihre wahre Stärke finden und erkennen, dass die Macht des Lichts und der Liebe größer ist als jede Finsternis.

Die Zukunft blieb ungewiss, aber sie würden nicht aufgeben. Gemeinsam würden sie für das Licht kämpfen, ihre Liebe und eine Welt, die frei von der Bedrohung der Uedkult war. Denn in ihren Herzen brannte die Flamme der Hoffnung, die sie niemals erlöschen lassen würden.

Das Erwachen des Lichts

Das Lager der Tempelwächter war ein Ort der Ruhe und des Friedens, ein Zufluchtsort vor der Dunkelheit, der von mächtigen Magiern und tapferen Kriegern bewohnt wurde. Hier hatten sich die übrig geblieben Überlebenden der Uedkult-Schlachten versammelt, um ihre Kräfte zu vereinen, und einen letzten Angriff auf die Festung des Bösen zu wagen.

Amara, Lysandra und das neugeborene Kind, ein kleiner Junge, ruhten sich im Lager aus. Er hatte die unverkennbaren Züge seiner Eltern geerbt - das feurige Haar von Lysandra und die stolze Haltung von Heinz. Sein Name war Eamon, was so viel wie „der Beschützer" bedeutete. Von Geburt an trug er die Bürde des Schicksals, und die Verantwortung das Licht zu bewahren.

Währenddessen hatten sich König Gundrik und Asker, der Anführer der Tempelwächter, zusammengeschlossen, um einen Plan zur Eroberung der Festung der Uedkult zu schmieden. Ihre Allianz aus Zwergen und Tempelwächtern würde den Weg durch zehn Lager der Uedkult bahnen, um schließlich das Herz des Bösen zu erreichen.

Der Zwergenkönig war ein imposanter Anblick, mit einem Bart, der bis zum Boden reichte, und einer Krone aus funkelndem Mithril. Seine Augen strahlten Entschlossenheit und Tapferkeit aus, während er die Karte der Uedkult-Lager studierte. Asker hingegen war ein Magiermeister von ehrwürdigem Alter, der in langen Roben gehüllt war und einen Stab mit magischen Runen trug. Seine Weisheit und seine Fähigkeiten waren von unschätzbarem Wert für diese Mission.

Die Zusammenkunft der beiden Führer war von ernster Stimmung geprägt. Sie besprachen die Strategie, die Verteidigungslinien der Uedkult zu durchbrechen und die Festung zu stürmen. Jeder Schritt musste wohlüberlegt sein, denn die geringste Unachtsamkeit konnte den Untergang bedeuten.

Während die Pläne geschmiedet wurden, versammelten sich die Krieger und Magier des Lagers. Ihre Rüstungen glänzten im Licht der Fackeln, ihre Waffen waren scharf und bereit zum Einsatz. Die Stimmung war angespannt, aber voller Entschlossenheit und Hoffnung. Gemeinsam würden sie das Böse besiegen und die Welt von der Bedrohung der Uedkult befreien.

Die Zeit der Vorbereitung war vorüber, und der Angriff auf das erste Lager der Uedkult stand bevor. Der Zwergenkönig und Asker stiegen auf ihre Reittiere, während die Armee der Tempelwächter und der Zwerge ihnen folgte. Ihre Marschformation war beeindruckend, eine mächtige Einheit aus Stahl und Magie, bereit, die Dunkelheit zu durchbrechen.

Die Gruppe erreichte das erste Lager der Uedkult. Ein Schauer lief ihnen über den Rücken, als sie die düsteren Zelte und die brennenden Fackeln sahen, die einen unheimlichen Schein warfen. Der Kampf war unvermeidlich.

Der Angriff begann. Die Tempelwächter und die Zwerge stürmten voran, ihre Waffen schwangen und ihre Zauber trafen die Feinde mit vernichtender Kraft. Die Schlacht war ein wildes Durcheinander von Schreien, Waffenklirren und explodierenden Zaubern. Die Krieger der Uedkult waren zwar zahlreich, aber sie hatten nicht mit der Entschlossenheit und dem Können ihrer Gegner gerechnet.

Der Kampf war erbittert, und Verluste auf beiden Seiten waren unvermeidlich. Doch die Armee der Tempelwächter und der Zwerge kämpfte mit einer unglaublichen Hingabe. Sie wurden von der gemeinsamen Überzeugung angetrieben, dass ihre Mission von entscheidender Bedeutung war und dass sie für eine bessere Zukunft kämpften.

Währenddessen blieben Amara, Lysandra und der kleine Eamon im Lager zurück. Amara, die nun ebenfalls schwanger war, beschützte Lysandra und das neugeborene Kind mit aller Kraft, die sie aufbringen konnte. Die Last der Verantwortung drückte schwer auf ihren Schultern, als sie sich bewusst wurde, dass es nun an ihr lag, das Licht zu bewahren und ihre Lieben zu beschützen.

Die Nacht brach an, und der Kampf tobte noch immer. Die Klänge von Kriegsgeschrei und

Donnerhall erfüllten die Luft. Das Zelt, in dem Amara und Lysandra Schutz suchten, bebte unter den Erschütterungen des Schlachtgetümmels.

Mitten im Getümmel drang ein schriller Schrei durch die Dunkelheit. Ein Ruf der Verzweiflung und des Schreckens, der alle Anwesenden innehalten ließ. Amara und Lysandra tauschten einen beunruhigten Blick aus, als sie eine unheilvolle Präsenz in der Luft wahrnahmen.

Eamon, der in Lysandras Armen lag, reagierte auf den Schrei und begann zu weinen. Seine kleinen Hände zitterten, als ob sie ein eigenes Bewusstsein hätten. Die beiden Frauen tauschten einen besorgten Blick aus und Amara umklammerte schützend ihren wachsenden Bauch.

Was auch immer sich da draußen befand, es war eine Bedrohung für alles, was sie bisher erreicht hatten. Amara und Lysandra waren sich bewusst, dass sie handeln mussten, um ihre Freunde und ihre geliebte Welt zu retten.

Mit Entschlossenheit und Mut verließen sie das Zelt und machten sich auf den Weg zum Schlachtfeld, um zu sehen, was sich ereignet hatte. Doch was sie dort erwartete, würde ihre schlimmsten Befürchtungen übertreffen und ihre Kräfte auf eine harte Probe stellen.

Amara und Lysandra traten aus dem Zelt und erstarrten vor Schreck. Vor ihnen erhob sich eine Gestalt von unbeschreiblicher Dunkelheit, ein Wesen, das die Schatten der Finsternis zu beherrschen schien. Es war der Dämon der Uedkult, in einer Form, die nie zuvor gesehen wurde. Seine Augen glühten rot wie Kohlen, und ein schauriges Lächeln verzerrte sein Gesicht.

Die Zeit schien stillzustehen, während Amara, Lysandra und der Dämon sich gegenüberstanden. Die Dunkelheit lag schwer in der Luft, und ein Kälteschauer lief ihnen über den Rücken. Ihre nächste Handlung würde über Leben und Tod entscheiden, und die Konsequenzen waren ungewiss.

Inmitten des Chaos und der Verzweiflung standen sie vor der größten Herausforderung ihres

Lebens. Der Kampf gegen die Dunkelheit hatte gerade erst begonnen, und das Schicksal der Welt hing von ihren Entscheidungen ab. Es war ein Moment der Wahrheit, in dem sie über sich selbst hinauswachsen und ihre innersten Kräfte entfesseln mussten.

Mit geballter Entschlossenheit und einem Funken Hoffnung in ihren Augen stellten sich Amara und Lysandra dem Dämon entgegen, bereit, für das Licht zu kämpfen, das sie in sich trugen.

Das Licht der Hoffnung

Die Dunkelheit lag schwer über dem Schlachtfeld, als Amara und Lysandra dem Dämon der Uedkult gegenüberstanden. In ihren Augen spiegelte sich Entschlossenheit wider, aber auch die Unsicherheit darüber, wie sie gegen ein Wesen von solch ungeheurer Macht ankämpfen sollten. Doch bevor sie ihre nächste Handlung planen konnten, geschah etwas Unerwartetes.

Eamon, der kleine Sohn von Amara und Heinz, lag in ihren Armen und hatte bisher still und friedlich geschlafen. Doch plötzlich öffnete er seine Augen, und ein gleißendes Licht erfüllte den Raum. Ein Lächeln huschte über sein Gesicht, als ob er das Geheimnis der Dunkelheit durchschaut hätte.

Die Macht, die in Eamon ruhte, begann zu vibrieren. Sein Körper wurde von einem goldenen Schein umhüllt, der die Dunkelheit zu durchdringen schien. Der Dämon der Uedkult trat einen Schritt zurück, als er die geballte Energie wahrnahm, die von dem kleinen Jungen ausging.

Amara und Lysandra konnten ihren Augen kaum trauen. Ihr Sohn, das Kind der Finsternis, war dazu bestimmt, das Licht zu sein, das die Dunkelheit überwinden konnte. Eamon erhob seine kleine Hand, und aus ihr schoss ein Strahl aus blendendem Licht direkt auf den Dämon zu.

Der Dämon schrie vor Schmerz und Zorn auf, als das Licht sein finsteres Wesen durchdrang. Sein Körper begann zu zerfallen und zu Staub zu werden, bis nichts von ihm übrigblieb als ein Hauch von Dunkelheit, der sich in der Luft auflöste.

Die Schlacht gegen das erste Lager der Uedkult endete abrupt, als die Krieger der Tempelwächter und der Zwerge den Fall des Dämons sahen. Das Licht des kleinen Eamon hatte die Finsternis besiegt und neue Hoffnung in die Herzen der Kämpfer gebracht.

Die Tempelwächter und die Zwerge setzten ihren Angriff mit neuer Entschlossenheit fort. Sie kämpften mit vereinter Kraft gegen die letzten Krieger der Uedkult und trieben sie zurück. Der

Sieg schien greifbar nahe, während die Feinde zunehmend in die Defensive gedrängt wurden.

Währenddessen hatte Heinz Lysandra in ein abgelegenes Zelt geführt, fernab des Schlachtgetümmels. Dort umarmten sie sich eng und ließen ihre Leidenschaft und Liebe zueinander entfachen. Inmitten des Chaos und der Zerstörung fanden sie Trost und Vertrautheit in den Armen des anderen.

In der Stille des Zeltes verschmolzen ihre Körper zu einem einzigen Rhythmus der Liebe. Jede Berührung, jeder Kuss war ein Ausdruck der tiefen Verbundenheit, die sie füreinander empfanden. Die Welt um sie herum schien für einen Moment stillzustehen, während sie sich in ihrer gemeinsamen Intimität verloren.

Gleichzeitig kümmerte sich Amara liebevoll um Eamon.

Sie betrachtete ihn aufmerksam und erkannte die Aura der Stärke, die ihn umgab. Eine innere Gewissheit durchzog sie, dass er eine entscheidende Rolle im kommenden Kampf einnehmen würde. Sie hielt ihn fest in ihren Armen und flüsterte ihm beruhigende Worte zu, während das Licht seines Wesens die Dunkelheit um sie herum erhellen sollte.

Nachdem die Nacht der Leidenschaft vorüber war, sammelten sich Heinz und Lysandra wieder bei den anderen Kämpfern. Gemeinsam betraten sie das Schlachtfeld, um den verbleibenden Lagern der Uedkult entgegenzutreten und ihre Freunde zu befreien.

Während sie weiterzogen, wurde ihnen bewusst, dass dies nur der Anfang einer langen und gefährlichen Reise war. Sie hatten noch viele Kämpfe vor sich, bevor sie die Festung der Uedkult erreichen und den Tyrannen, der über das Land herrschte, besiegen konnten.

Amara, die schwangere Kriegerin des Lichts, wachte über Eamon und sorgte dafür, dass er geschützt war. Ein tiefes Verständnis durchströmte sie, als sie den jungen Mann betrachtete. Sie erkannte die verborgene Stärke, die in ihm heranwuchs, und war sich bewusst, dass er das Potenzial besaß, die Welt zu verändern. In ihren Augen lag eine Mischung aus Stolz und Sorge, während sie sich auf die kommenden Herausforderungen vorbereiteten.

Gemeinsam mit den Zwergen, angeführt von König Gundrik, und den Tapferen der Tempelwächter, unter der Führung von Magiermeister Asker, setzten sie ihren Weg zur Festung der Uedkult fort. Sie durchquerten gefährliche Landschaften, überwanden Hindernisse und kämpften gegen die Horden der Finsternis, die ihnen entgegenstanden.

Die Zwerge waren geschickte Handwerker und schmiedeten magische Waffen, die den Kriegern einen Vorteil im Kampf gegen die Uedkult verschafften. Mit jedem Lager, das sie eroberten, wurde ihre Hoffnung stärker und der Glaube an den Sieg über die Dunkelheit wuchs.

Der Sturm der Magie

Die Vorbereitungen für den Angriff auf das zweite Lager der Uedkult waren in vollem Gange. Die Krieger der Tempelwächter und die tapferen Zwerge hatten sich versammelt und formierten sich zu einer mächtigen Streitmacht. Die Luft war erfüllt von einer Aura der Entschlossenheit und dem Klang von geschärften Waffen.

In der Mitte des Lagers stand Asker, der Magiermeister der Tempelwächter. Sein Blick ruhte auf den Kämpfern, während er seine Hände hob und seine Stimme mit machtvoller Autorität erklang. „Hört mir zu, meine tapferen Krieger! Die Zeit der Entscheidung ist gekommen. Das Böse der Uedkult hat sich zu lange ausgebreitet, aber heute werden wir es zurückschlagen! Die Magie des Lichts und der Zwerge wird uns zum Sieg führen!"

Die Krieger stimmten mit lauten Rufen zu, ihre Herzen erfüllt von Mut und Entschlossenheit. Heinz stand neben Lysandra und Amara, seine Augen fest auf Asker gerichtet. Er war bereit, jeden Befehl auszuführen und sein Bestes zu geben, um das Lager zu erobern und den nächsten Schritt in Richtung der Festung der Uedkult zu machen.

Asker hob seine Hand und ließ eine Kugel aus reinem Licht emporsteigen. Sie schwebte über den Köpfen der Streiter und begann, helle Strahlen auf sie alle zu projizieren. Jeder Krieger richtete sich auf und seine Augen erfüllten sich mit einem glühenden Leuchten. Ein erhabenes Gefühl durchströmte ihre Körper und füllte ihre Sinne aus. Die Anspannung in ihren Muskeln ließ nach und wich einer neuen Stärke.

„Dies ist der Segen des Lichts", verkündete Asker. „Er wird euch im Kampf stärken und euch den Mut und die Stärke verleihen, die ihr braucht. Nutzt eure magischen Fähigkeiten und kämpft mit der ganzen Macht des Lichts!"

Währenddessen bereiteten die Zwerge ihre eigenen Waffen vor. Geschickte Schmiede arbeiteten eifrig an den Schwertern, Äxten und Speeren, die mit runenverzierten Griffen und leuchtenden

Edelsteinen verziert waren. Jede Waffe war ein Meisterwerk der Zwerge, in dem die Magie des Lichts eingeschlossen war.

Als die Vorbereitungen abgeschlossen waren, rückte die Streitmacht vor. Die Ritter der Tempelwächter führten den Angriff an, gefolgt von den Zwergen, die ihre magischen Waffen schwangen. Die Luft vibrierte vor Anspannung, als die Krieger dem zweiten Lager der Uedkult entgegenstürmten.

Die Magier der Tempelwächter entfesselten mächtige Zauber, die den Himmel erhellten und die Finsternis vertrieben. Blitze zuckten durch die Luft, Feuerbälle explodierten und Eisstürme wirbelten umher. Die Krieger der Uedkult wurden von der Wucht der magischen Angriffe überrascht, und viele von ihnen von den vernichtenden Kräften des Lichts niedergestreckt.

Heinz kämpfte Seite an Seite mit Lysandra, ihre Waffen schwangen in synchroner Harmonie. Lysandra führte elegante Schwertkünste aus, während Heinz seine Geschicklichkeit und

Schnelligkeit einsetzte, um den Feinden auszuweichen und ihnen tödliche Schläge zu versetzen.

Amara hingegen stand abseits des Kampfes. Ihre Hände leuchteten in hellem Licht, während sie ihre Fähigkeiten einsetzte, um ihre Verbündeten zu heilen und zu schützen. Sie wirkte wie eine strahlende Säule des Lichts inmitten der Dunkelheit.

Der Angriff war hart umkämpft, doch die vereinte Streitmacht kämpfte unerbittlich. Sie stürmten voran, die Uedkult niederwerfend, die sich ihnen in den Weg stellten. Die Krieger der Finsternis wurden von der Macht des Lichts und der Entschlossenheit ihrer Gegner überwältigt.

Schließlich wurde das zweite Lager der Uedkult erobert. Die Krieger der Tempelwächter und die Zwerge feierten ihren Sieg, während sie ihre Wunden versorgten und sich für den nächsten Angriff vorbereiteten. Die Sonne brach durch die dunklen Wolken und tauchte das Schlachtfeld in goldenes Licht, das wie ein Symbol des kommenden Triumphes wirkte.

Währenddessen saßen Amara und Lysandra in einem ruhigen Bereich des Lagers und ruhten sich aus. Amaras wachsender Bauch war ein Zeichen der Hoffnung und gleichzeitig eine Erinnerung an die Herausforderungen, die noch vor ihnen lagen.

Lysandra betrachtete Amara liebevoll und strich sanft über ihren Bauch. Sie konnte spüren, wie das Kind des Lichts in ihr heranwuchs. Ihre Entschlossenheit wurde gestärkt, ihre Opferbereitschaft noch größer.

Während sie dort saßen, wurden sie von Heinz unterbrochen, der mit einem strahlenden Lächeln auf sie zukam. Seine Augen funkelten vor Freude und Erleichterung. „Wir haben es geschafft! Das zweite Lager ist gefallen! Wir sind auf dem richtigen Weg, um die Festung der Uedkult zu erreichen!"

Amara und Lysandra lächelten zurück, ihre Herzen erfüllt von Stolz und Hoffnung. Gemeinsam würden sie weiterkämpfen, um ihre Welt von der Dunkelheit zu befreien und eine Zukunft des Lichts und der Freiheit zu schaffen.

Durch die Wüste des Schicksals

Die Sonne stand hoch am Himmel, als die Streitmacht der Tempelwächter und der Zwerge sich
auf den Weg zum dritten Lager der Uedkult
machte. Der Weg führte sie durch eine sengend
heiße Wüste, in der sich der Sand wie flüssiges
Gold unter ihren Füßen bewegte. Die Hitze war
erdrückend, und die Krieger kämpften gegen
Durst und Erschöpfung an.

Heinz, Lysandra und Amara waren Teil der tapfe-
ren Truppe, die sich durch die Wüste kämpfte.
Lysandra trug Eamon in den Armen, während
Amara mit ihrem wachsenden Bauch behutsam
Schritt hielt. Trotz der Strapazen und Erschöp-
fung fanden sie in ihren Herzen den Mut, ein
Lächeln zu erwidern. Ihre Augen trafen sich
voller Entschlossenheit und Vertrauen. Gemein-
sam setzten sie ihren Weg auf dem steinigen Pfad
fort, der vor ihnen lag. Jeder Schritt war eine
Bestätigung ihres unbeirrbaren Glaubens an ihre
Mission.

Die Zwerge führten den Marsch an und navi-
gierten geschickt durch die gefährlichen Sand-

dünen. Ihre robusten Körper schienen für diese harte Umgebung gemacht zu sein, und sie waren Meister darin, Wasserquellen zu finden und sich vor den sengenden Strahlen der Sonne zu schützen.

Die Tempelwächter hielten sich eng an die Zwerge, vertrauend auf ihre Erfahrung und Führung. Sie hatten gelernt, die Last des Krieges gemeinsam zu tragen und aufeinander zu achten. Ihre Bande waren stark, und sie waren entschlossen, diese Schlacht zu gewinnen.

Nach einem langen Marsch erreichten sie eine geschützte Fläche, um ihr Lager aufzuschlagen. Der Schatten eines hohen Felsvorsprungs spendete ihnen etwas Erleichterung von der brennenden Hitze. Erschöpft aber voller Entschlossenheit bauten sie ihre Zelte auf und bereiteten sich für die bevorstehende Schlacht vor.

Während die Krieger ihre Waffen überprüften und ihre Rüstungen festzurrten, fanden Amara und Lysandra einen ruhigen Ort, um sich auszuruhen. Sie hatten beide eine schwere Last zu tragen -

Lysandra als Mutter eines Kindes der Finsternis und Amara als schwangere Kriegerin des Lichts.

Amara setzte sich neben Lysandra und strich sanft über das Gesicht von Eamon. „Sieh nur, Lysandra, welch ein Wunder du geboren hast", flüsterte sie leise. „Es mag das Kind der Finsternis sein, aber wir werden es mit unserem Licht umhüllen und ihm den Weg zum Guten zeigen."

Lysandra lächelte müde, ihre Augen voller Liebe und Hoffnung. „Ja, Amara, wir werden dieses Kind beschützen und ihm die Wahl lassen, welchen Weg es einschlagen möchte. Wir werden es umgeben mit der Macht unserer Entschlossenheit und der Liebe, die wir in uns tragen."

Während sie sprachen, erschien Heinz, sein Gesicht von Staub und Schweiß bedeckt. Er war erschöpft, aber seine Augen leuchteten vor Vorfreude. „Wir sind bereit, das dritte Lager der Uedkult anzugreifen", sagte er. „Wir werden sie überraschen und ihre Dunkelheit mit unserer vereinten Stärke durchbrechen."

Amara und Lysandra nickten, ihre Herzen erfüllt von Mut und Bestimmtheit. Sie standen auf und machten sich bereit, in die Schlacht zu ziehen. Gemeinsam mit den Tempelwächtern und den tapferen Zwergenkriegern traten sie den Weg zum dritten Lager der Uedkult an, fest entschlossen, die Dunkelheit ein für alle Mal zu besiegen.

Die Wüste des Schicksals würde ihnen viele Herausforderungen stellen, doch sie waren bereit, diesen Weg zu gehen. Sie hatten gelernt, dass ihre wahre Stärke in ihrer Einheit und ihrem Glauben lag. Und so setzten sie ihren Marsch fort, ihre Herzen erfüllt von der Gewissheit, dass das Licht am Ende des Tunnels auf sie wartete.

Die Nacht senkte sich über das Lager der Tempelwächter und der Zwerge, als sie sich auf den Angriff auf das dritte Lager der Uedkult vorbereiteten. Es wurde von Elementargeistern des Elements Erde bewacht, die ihre Macht nutzten, um ihre Feinde in einer undurchdringlichen Festung gefangen zu halten. Die Krieger waren sich bewusst, dass sie einen erbitterten Kampf erwarteten, der sowohl ihre physische Stärke als auch ihre magischen Fähigkeiten auf die Probe stellen würde.

Im Schutze der Dunkelheit formierte sich die Streitmacht, bereit, das Lager zu stürmen. Heinz, Amara und Lysandra standen an vorderster Front, ihre Waffen fest umklammert und ihre Blicke entschlossen. Neben ihnen stand der Zwergenkönig Gundrik, seine mächtige Axt glänzend im Mondlicht.

Die erste Welle des Angriffs wurde von den Tempelwächtern angeführt. Sie bildeten eine eiserne Front und stürmten auf das Lager zu, während die Zwerge ihnen folgten, ihre Kriegshämmer schwingend. Das Aufeinandertreffen der beiden Armeen war von einem lauten Donnergrollen begleitet, als die Klingen auf Rüstungen trafen und die Erde bebte.

Währenddessen konzentrierten sich die Magier unter den Tempelwächtern und den Zwergen auf ihre magischen Fähigkeiten. Sie beschworen mächtige Zauber herauf, um den Elementargeistern entgegenzutreten. Flammen schossen in die

Höhe, Blitzschläge zuckten durch die Luft und Eisstacheln durchbohrten die Feinde.

Amara schloss die Augen und konzentrierte sich auf ihre innere Energie. Sie öffnete ihr Herz und erlaubte der Kraft des Lichts in sich zu erwachen. Sie erhob ihre Hände und ließ einen gleißenden Lichtstrahl auf die Elementargeister niedergehen. Dieser durchdrang ihre steinernen Körper und ließ sie erzittern. Doch die Geister waren hartnäckig und schüttelten den Angriff ab.

Lysandra dagegen entfesselte ihre eigenen magischen Fähigkeiten. Sie kanalisierte die Dunkelheit in sich und sandte Schattenstrahlen auf die Feinde. Die Strahlen verschlangen die Elementargeister, schwächten sie und machten sie anfälliger für die Angriffe ihrer Kameraden.

Heinz stand zwischen den beiden Frauen, sein Schwert in der Hand und sein Verstand wachsam. Er war ein geschickter Kämpfer und nutzte seine Agilität, um den Angriffen der Elementargeister auszuweichen und gleichzeitig tödliche Stöße zu landen. Er führte seine Kameraden mit Entschlossenheit an, immer darauf bedacht, die Reihen zu halten und die Feinde zu bezwingen.

Der Kampf tobte weiter, und die Krieger der Tempelwächter und der Zwerge kämpften mit unbändigem Mut. Sie wurden von der Vision einer besseren Welt angetrieben, in der die Dunkelheit keine Macht mehr hatte. Sie ließen ihre Wut und ihren Schmerz in ihren Angriffen auf die Uedkult niederprasseln und stärkten sich gegenseitig in ihrer Entschlossenheit.

Als die Nacht langsam dem Morgen wich, begann der Sturm der Streitkräfte Wirkung zu zeigen. Die Elementargeister waren geschwächt und hatten Mühe, gegen die stetig vorrückende Armee der Tempelwächter und Zwerge anzukommen. Doch die Schlacht tobte weiter, und die Krieger erkannten, dass sie keinen Moment der Nachlässigkeit haben durften. Ihre Muskeln pulsierten vor Anstrengung, während sie sich in der Hitze des Gefechts bewegten. Jeder Schlag und Verteidigung war präzise und kraftvoll.

Plötzlich durchströmte Amara eine Woge der Energie. Sie empfand eine Verbindung zu ihrem ungeborenen Kind und registrierte seine Präsenz in ihrem Inneren. In einem Akt der Hingabe und Liebe opferte sie einen Teil ihrer eigenen Lebenskraft, um ihr Kind zu stärken und ihm einen Schutzschild zu geben. Sie war zugleich erschöpft und erfüllt von einer tiefen Zufriedenheit. Die Präsenz in ihr wuchs und umgab sie immer mehr.

Lysandra und Heinz kämpften Seite an Seite und ihre Muskeln begannen zu ermüden. Doch ihre Entschlossenheit ließ nicht nach. Sie führten ihre Kameraden weiterhin mit Mut und Intelligenz.

Und dann geschah es. Eamon, das Kind der Finsternis und des Lichts, entfesselte seine eigenen Kräfte. Von Amaras opferbereiter Liebe gestärkt, manifestierte er seine Macht und sandte einen gewaltigen Energiestrahl auf die Elementargeister. Der Strahl durchdrang sie mit einer unbändigen Kraft und ließ sie in Staub zerfallen.

Die Schlacht war gewonnen, und die Streitkräfte der Tempelwächter und Zwerge hatten das dritte

Lager der Uedkult erobert. Sie hatten einen weiteren Sieg errungen auf ihrem Weg zur Festung der Dunkelheit.

Erschöpft und mit dem Gefühl des Triumphes strömten die Krieger zusammen. Heinz, Lysandra und Amara waren wieder vereint, und ihre Herzen waren erfüllt von Stolz und Dankbarkeit.

Während die Krieger sich auf die nächste Schlacht vorbereiteten, zogen sie sich für eine kurze Ruhepause in ihr Lager zurück. Heinz und Lysandra fanden einen abgeschiedenen Ort, um ihre Intimitäten zu teilen und ihre Liebe zu stärken. Sie verbanden sich auf einer tiefen emotionalen und körperlichen Ebene, ihre Seelen verschmolzen miteinander inmitten der Schlacht um das Licht.

Amara dagegen blieb bei Eamon. Sie wachte über ihn mit liebevoller Hingabe, während ihre eigene Schwangerschaft voranschritt und ihr ungeborenes Kind weiterhin mit göttlicher Energie genährt wurde.

Die Zeit verging, und die Krieger bereiteten sich auf den Angriff auf das nächste Lager der Uedkult vor.

Während die Sonne über dem Lager aufging, erhoben sich die Krieger und machten sich bereit für den nächsten Sturm.

Der Weg der Hoffnung

Das Lager der Tempelwächter war erfüllt von Aufregung und Vorbereitungen, als sich die Krieger für den Aufbruch zum vierten Lager der Uedkult bereit machten. Ihre Herzen waren gefüllt von Mut und Entschlossenheit, doch zugleich lagen Sorgen und Zweifel in der Luft. Der Schatten der neuen Bedrohung hing wie eine düstere Wolke über ihnen, und die Krieger erkannten, dass der kommende Kampf noch gefährlicher werden würde als alles, was sie zuvor erlebt hatten. Der Schatten der neuen Bedrohung lag schwer auf ihnen, und ihre Gesichter spiegelten die Ernsthaftigkeit der Situation wider. Die Krieger sahen sich gegenseitig an und erkannten, dass der kommende Kampf eine neue Stufe der Gefahr darstellen würde. Ihre Muskeln spannten sich an, während sie sich auf das Unbekannte vorbereiteten. Obwohl es nicht klar war, was sie erwartete, war ihnen bewusst, dass sie bisher nie dagewesenen Herausforderungen gegenüberstanden.

Amara, die hochschwangere Bogenschützin, bekam die Wehen, als sich die Gruppe auf den

Weg machte. Doch sie war fest entschlossen, ihre Pflicht als Kriegerin und Mutter zu erfüllen.

Die Krieger verlangsamten ihren Marsch und schufen einen geschützten Raum für Amara, um ihr Kind zur Welt zu bringen. Inmitten der rauen Landschaft der Uedkult-Wüste legten sie Decken und Tücher aus, um einen improvisierten Geburtsort zu schaffen. Lysandra, Heinz und die anderen Krieger standen um Amara herum und gaben ihr Unterstützung und Mut.

Mit jedem Atemzug fand sie den Mut und die Entschlossenheit, die sie brauchte, um ihr Kind in dieser harten Zeit zur Welt zu bringen. Sie schloss die Augen, konzentrierte sich auf ihren Atem und ließ die Kraft der Geburt durch sich hindurchfließen. Die Schmerzen wurden von einer unbeschreiblichen Freude und Liebe begleitet, als ihr Kind sich langsam den Weg ins Leben bahnte.

Und dann, mit einem letzten schmerzvollen Schub, wurde das Mädchen geboren. Sie war klein und zart, doch ihre Augen strahlten mit einem geheimnisvollen Glanz. Ihre Haut war von einem sanften Schimmer durchzogen, der an das Licht erinnerte, während dunkle Locken ihre Köpfchen umrahmten. Das Neugeborene wurde von einem Gefühl des Friedens und der Hoffnung umgeben, das die Herzen aller, die es betrachteten, berührte.

Lysandra lächelte, als sie das kleine Mädchen in den Armen ihrer Mutter sah. „Sie ist wunderschön", flüsterte sie und legte ihre Hand sanft auf Amaras Schulter. „Wie möchtest du sie nennen?"

Amara lächelte zurück, ihre Augen strahlten vor Glück und Erschöpfung. „Sie soll Hope heißen", sagte sie leise. „Denn sie ist das Licht der Hoffnung in unserer dunkelsten Stunde."

Die Krieger umarmten sich, ihre Herzen erfüllt von Freude über das Wunder der Geburt und die Stärke, die Amara gezeigt hatte. Doch die Zeit drängte, sie erkannten, dass der Kampf gegen die Uedkult noch lange nicht vorbei war. Mit einem letzten Blick auf das neugeborene Mädchen machten sie sich wieder auf den Weg, die Wüste durchquerend und dem vierten Lager der Uedkult entgegen.

Die Hitze der Wüste brannte auf ihren Gesichtern, während sie sich durch den Sand kämpften. Jeder Schritt war eine Herausforderung, doch sie ließen sich nicht entmutigen. Die Hoffnung auf ein Ende des Bösen trieb sie voran, und sie waren bereit, alles zu opfern, um ihr Ziel zu erreichen.

Nach einem langen und erschöpfenden Marsch erreichten sie das vierte Lager der Uedkult. Doch dieses Mal würden sie nicht wie zuvor unvorbereitet angreifen. Sie hatten aus ihren vergangenen Kämpfen gelernt und waren besser gerüstet. Die Krieger bildeten eine Strategie, nutzten ihre magischen Fähigkeiten und bereiteten sich auf den bevorstehenden Kampf vor.

Die Geister des Elements Erde bewachten das Lager und griffen die Soldaten mit ihrer unerbittlichen Kraft an. Doch die Krieger waren entschlossen und kämpften mit großer Entschiedenheit. Sie setzten ihre Zauber und Waffen ein, um den Elementargeistern entgegenzutreten. Magische Explosionen und gewaltige Erschütterungen füllten die Luft, als die Macht der Elemente aufeinanderprallte.

Heinz wirbelte seinen Zauberstab durch die Luft und beschwor eine imposante Feuerwand, die die Geister umhüllte und sie in Flammen aufgehen ließ. Lysandra sandte enorme Blitze aus ihren Händen, die die Feinde mit elektrischer Energie durchdrangen. Die Zwerge griffen mit ihren geschmiedeten Waffen an und fügten den Elementargeistern schwere Verletzungen zu.

Doch der Kampf war nicht einfach. Die Geister waren stark und widerstandsfähig, und sie setzten ihre zerstörerische Macht gegen die Krieger ein. Trotzdem gaben die Kämpfer nicht auf. Sie kämpften mit all ihrer Kraft, mit der Hoffnung in ihren Herzen und dem Wissen, für eine bessere Zukunft.

Der Kampf war erbittert und dauerte lange, doch schließlich gelang es den Kriegern, die Elementargeister zu besiegen und das Lager der Uedkult zu erobern. Der Sieg war hart erkämpft, doch die Recken ruhten sich nicht aus. Mit entschlossenen Mienen tauschten sie stumme Zustimmung aus. Keiner von ihnen brauchte Worte, um zu wissen, dass ihre Reise lange nicht vorbei war. Jeder Schritt brachte sie näher zur Festung der Dunkelheit, die wie ein bedrohlicher Schatten am Horizont lag.

Amara hielt ihr neugeborenes Kind Hope in ihren Armen und lächelte. Mit geschlossenen Augen nahm sie einen tiefen Atemzug und ließ die Luft langsam durch ihre Nase strömen. Ihre Gedanken waren klar und fokussiert, während sie sich auf den bevorstehenden Kampf vorbereitete. Sie wusste, dass ihre kleine Tochter ein Symbol der Hoffnung und des Lichts war, und sie würde alles tun, um ihr eine bessere Welt zu schaffen.

Mit dem Sieg über das vierte Lager der Uedkult stieg die Entschlossenheit der Krieger weiter an. Sie waren bereit, sich den nächsten Herausforderungen zu stellen und dem Bösen gegenüberzutreten. Die Zeit drängte, und sie waren sich bewusst, dass das Schicksal der Welt in ihren Händen lag.

Mit neuer Energie brachen sie auf, den Weg zur Festung der Dunkelheit fortzusetzen. Doch was sie dort erwartete und welche Opfer sie bringen würden, konnte niemand voraussehen.

Ein neuer Kampf stand bevor, und sie alle waren bereit, sich ihm zu stellen. Die Welt hielt den Atem an, während die Hoffnung auf ein besseres Morgen weiterhin in den Herzen der tapferen Krieger brannte.

Im Bann des Dschungels

Die tapferen Krieger, angeführt von Heinz, Amara, Lysandra und den Zwergen, setzten ihren gefährlichen Weg zur Festung der Dunkelheit fort. Sie hatten das vierte Lager der Uedkult erobert und waren nun auf dem Weg zum Fünften, das in den tiefen und undurchdringbaren Dschungel des Verderbens lag. Doch der Weg dorthin würde nicht leicht sein.

Der Dschungel erstreckte sich vor ihnen wie ein undurchdringliches Labyrinth aus grünen Blättern und dichtem Unterholz. Es war stickig und feucht, und die Geräusche der wilden Tiere und unbekannten Kreaturen füllten die Luft. Der Dschungel schien ein Eigenleben zu führen, als würde er sie absichtlich daran hindern, ihr Ziel zu erreichen.

Die Tempelwächter und Zwerge standen vor einer großen Herausforderung. Der Dschungel war von Finsternis und Verdorbenheit durchdrungen, und die Elementargeister des Pflanzentyps, die das fünfte Lager der Uedkult bewachten, waren von der Dunkelheit korrumpiert worden. Ihre einst grünen und lebendigen Formen waren nun von einer düsteren Aura umgeben, und ihre Angriffe waren von einer bösartigen Macht durchdrungen.

Der Dschungel selbst schien gegen die Krieger zu kämpfen. Ranken und Wurzeln schossen aus dem Boden, um ihre Beine zu umschlingen und sie zu Fall zu bringen. Dichte Nebelschwaden verhüllten ihre Sicht, und sie hörten, wie Stimmen flüsterten „Komm zu uns, verirre dich im Nebel der Zweifel." „Folge dem Klang unserer verlockenden Worte, sie werden dich leiten." „Lass dich nicht von deinem Pfad abbringen, finde den Weg zu uns." „Wir kennen deine Ängste, deine Schwächen. Lass uns deine Entscheidungen beeinflussen." „Der Nebel ist dein Freund, vertraue ihm und vertraue uns." „Es gibt keine Klarheit, nur in unserer Dunkelheit findest du Antworten." „Schließe deine Augen und lass dich von uns führen, wir sind die Stimmen der Versuchung." „Die Wahrheit liegt in der Illusion, in der Unschärfe des Nebels." „Wir sind die Schatten in deinem Geist, immer bereit, dich zu verführen."

Doch die Krieger waren nicht bereit, sich dem Dschungel zu ergeben. Sie kämpften gegen die Ranken an, zerschnitten sie mit ihren Waffen und nutzten ihre magischen Fähigkeiten, um sich einen Weg zu bahnen. Die Zwerge waren geschickte Kletterer und überwanden mit Leichtigkeit die hohen Baumkronen und dichten Lianen. Die Tempelwächter, angeführt von Asker, entfesselten ihre magischen Kräfte und schufen einen Schutzschild, der sie vor den Angriffen der verdorbenen Pflanzengeister schützte.

Der Weg durch den Dschungel war gefährlich und zäh, doch die Krieger gaben nicht auf. Sie kämpften sich tapfer voran, jeder Schritt war eine Herausforderung, aber ihre Entschlossenheit wuchs mit jeder überwundenen Hürde.

Schließlich erreichten sie das Lager der verdorbenen Pflanzengeister. Die Finsternis hatte die einst prachtvollen Pflanzen in hässliche und verzerrte Kreaturen verwandelt. Ihre Wurzeln schlugen wie Peitschen, ihre Stacheln waren scharf wie Messer, und sie waren von einer Aura der Korruption umgeben.

Der Kampf war erbittert. Die Krieger setzten ihre magischen Angriffe ein, während die Zwerge ihre geschmiedeten Waffen schwangen. Heinz, Amara, Lysandra und die anderen Tempelwächter kämpften mit ganzer Kraft gegen die verdorbenen Geister.

Amara, die ihr Kind Hope auf ihrem Arm trug, spürte die Stärke und Entschlossenheit in sich. Sie konzentrierte sich auf den Schutz ihrer Tochter und entfesselte mächtige Lichtzauber, die die verdorbenen Pflanzengeister blendeten und schwächten.

Lysandra kämpfte Seite an Seite mit Heinz, ihr Sohn Eamon auf ihrem Rücken. Sie spürte die dunkle Energie in sich, aber sie unterdrückte sie und konzentrierte sich auf den Kampf. Sie ließ die Finsternis in ihr aufsteigen und entfesselte verheerende Angriffe, die die verdorbenen Pflanzengeister niederstreckten.

Die Zwerge waren geschickte Krieger und nutzten ihre Stärke und ihre geschmiedeten Waffen, um den Geistern entgegenzutreten. Sie waren unermüdlich und kämpften mit großer Entschlossenheit.

Der Kampf dauerte lange, aber schließlich gelang es den Kriegern, die verdorbenen Pflanzengeister zu besiegen. Die Finsternis, die sie umgeben hatte, verblasste und wich dem reinen Licht und der lebendigen Natur.

Erschöpft und zufrieden blickten die Krieger auf das eroberte Lager. Sie hatten eine weitere Schlacht gewonnen und waren einen Schritt näher an ihrem Ziel.

Amara kümmerte sich um ihre Tochter Hope, die während des Kampfes ruhig geblieben war. Das Kind des Lichts strahlte in ihrer reinen Schönheit und schien von einer besonderen Magie umgeben zu sein. Amara hielt das kleine Mädchen fest in ihren Armen und wusste, dass sie die Hoffnung in dieser dunklen Welt verkörperte.

Lysandra umarmte ihren Sohn Eamon, der unerschrocken und mutig den Kampf miterlebt hatte. Das Kind der Finsternis schien trotz seiner dunklen Verbindung eine sanfte und liebevolle Aura zu haben. Sie nahm die schwere Verantwortung auf ihren Schultern wahr und gab Eamon ein feierliches Versprechen: Sie würde ihn vor der Dunkelheit beschützen.

Die Krieger ruhten sich aus, sammelten ihre Kräfte und bereiteten sich auf die nächste Etappe ihrer Reise vor. Sie waren sich bewusst, dass der Weg zur Festung der Dunkelheit noch gefährlicher und herausfordernder werden würde, aber ihr Entschlossenheit war ungebrochen.

Ruhe im Sturm

Nachdem die tapferen Krieger das fünfte Lager der Uedkult erobert hatten und eine weitere Schlacht erfolgreich geschlagen war, sehnten sie sich nach einer wohlverdienten Pause. Sie hatten sich in einem abgelegenen Lager mitten im Dschungel niedergelassen und nutzten die Zeit, um sich auszuruhen und ihre Kräfte wiederherzustellen.

Die Sonne stand hoch am Himmel und warf ihr warmes Licht auf das Lager. Die Krieger genossen die Ruhe und den Frieden, der sich über sie legte. Die Zwergenkrieger hatten ihre Bettstatt aufgebaut, während die Tempelwächter und die anderen Kriegerinnen und Magierinnen ihre Verwundeten versorgten.

Amara und Lysandra, die sich um ihre Kinder Hope und Eamon kümmerten, suchten einen schattigen Platz im Lager auf. Amara beobachtete liebevoll, wie Hope mit ihren kleinen Händen nach den bunten Blumen griff, die in der Nähe wuchsen. Sie strahlte vor Glück, als sie die zarten Blütenblätter berührte.

Lysandra saß neben Amara und beobachtete mit Stolz, wie Eamon die Welt um sich herum mit neugierigen Augen betrachtete. Sie lächelte, als sie sah, wie er mit seinen kleinen Fingern nach den Sonnenstrahlen griff, die durch die Blätter des Dschungels drangen.

Während die beiden Frauen sich um ihre Kinder kümmerten, gesellten sich andere Kriegerinnen und Magierinnen zu ihnen. Sie setzten sich in einem kleinen Kreis zusammen und begannen, über ihre Erfahrungen und Erlebnisse während der Reise zu sprechen.

Eine der Kriegerinnen, eine erfahrene Bogenschützin namens Elara, erzählte von ihren Begegnungen mit den verdorbenen Kreaturen des Dschungels. Sie berichtete von den gefährlichen Pflanzenwesen, die versuchten, die Krieger aufzuhalten, und wie sie ihre Fähigkeiten einsetzte, um sich einen Weg durch das Dickicht zu bahnen.

Eine junge Magierin namens Selene berichtete von den magischen Wesen, die sie auf ihrer Reise getroffen hatte. Sie erzählte von den Geistern des Waldes, die ihr Wissen und ihre Weisheit mit den Kriegern teilten und ihnen halfen, die finstere Magie der Uedkult zu verstehen und zu bekämpfen.

Während die Kriegerinnen ihre Geschichten austauschten, schaute Heinz sich um. Er schloss sich einer Gruppe von Zwergenkriegern an, die eine Runde Karten spielten. Heinz war bekannt für sein Geschick im Kartenspiel und genoss es, sich mit ihnen zu messen.

Die Zwerge lachten und scherzten, während sie ihre Karten ausspielten. Heinz warf einen gewinnenden Blick auf seine Hand und bluffte geschickt, um seine Gegner zu täuschen. Die Atmosphäre war ausgelassen und fröhlich, und Heinz fand in diesem Moment der Entspannung und des Vergnügens eine willkommene Ablenkung von den Kämpfen und Gefahren, die sie bisher durchgemacht hatten.

Währenddessen hatte Amara eine angenehme Unterhaltung mit einer erfahrenen Kriegerin namens Helga. Sie war bekannt für ihre Tapferkeit und Stärke und hatte viele Schlachten geschlagen. Amara bewunderte sie und war neugierig auf ihre Erfahrungen.

Helga erzählte Amara von ihren eigenen Kindern und wie sie als Kriegerin den Spagat zwischen Pflicht und Familie meisterte. Sie ermutigte Amara, stark zu bleiben und sich auf ihre Fähigkeiten und ihre Liebe zu ihren Kindern zu verlassen.

Amara war dankbar für Helgas Worte und fand Trost, darin zu wissen, dass sie nicht allein war. Sie fühlte sich gestärkt und zuversichtlich, während sie ihre Tochter Hope in den Armen hielt.

Die Stunden vergingen und die Krieger genossen die Ruhe und Gemeinschaft im Lager. Sie spürten die Kraft, die aus dem Zusammenhalt und der Unterstützung untereinander entstand.

Am Abend versammelten sich alle Kriegerinnen und Krieger um ein großes Lagerfeuer. Sie teilten ihr Essen und ihre Geschichten und sangen

Lieder, um den Geist der Einheit und des Mutes zu stärken.

Während sich die Nacht über das Lager senkte, fühlten sich die Kriegerinnen und Krieger gestärkt und bereit, den nächsten Abschnitt ihrer Reise anzutreten. Sie wussten, dass der Weg zum sechsten Lager der Uedkult noch gefährlicher und herausfordernder werden würde, aber sie waren entschlossen, weiterzukämpfen und die Dunkelheit zu besiegen.

Amara legte sanft ihre Hand auf die kleine Hand ihrer Tochter Hope und empfing die Hoffnung und den Mut, die von ihr ausströmten. Lysandra hielt Eamon fest im Arm und empfand seine Präsenz, die sie antrieb und stärkte. Gemeinsam würden sie diese Reise fortsetzen und für eine Welt kämpfen, in der ihre Kinder in Frieden und Licht aufwachsen konnten.

Das gefrorene Inferno

Amara legte sanft ihre Hand auf die kleine Hand ihrer Tochter Hope und empfing die Hoffnung und den Mut, die von ihr ausströmten. Lysandra hielt Eamon fest im Arm und empfand seine Präsenz, die sie antrieb und stärkte. Gemeinsam würden sie diese Reise fortsetzen und für eine Welt kämpfen, in der ihre Kinder in Frieden und Licht aufwachsen konnten.

Der Weg führte sie durch eine eisige Wüste, in der der Wind schneidend und die Kälte gnadenlos war. Jeder Atemzug schien gefroren zu sein, und die Kriegerinnen und Krieger kämpften gegen die eisigen Winde an, während sie sich einen Weg durch den Schnee bahnten.

Die Zwergenkrieger waren mit ihren robusten Rüstungen und mächtigen Hiebwaffen gut gerüstet für die widrigen Bedingungen. Sie führten ihre schweren Äxte und Hämmer mit Kraft und Entschlossenheit, und ihre zähe Natur ermöglichte es ihnen, sich auch in der eisigen Kälte zu behaupten.

Die Tempelwächter hingegen verließen sich auf ihre magischen Fähigkeiten, um sich gegen die Elementargeister des Eises zu behaupten. Sie kanalisierten ihre Kräfte und erzeugten Schutzzauber, um sich vor der Kälte zu schützen und den eisigen Angriffen der verdorbenen Geister standzuhalten.

Der Weg führte die Krieger über eine gefrorene Ebene, die so weit das Auge reichte. Die Oberfläche war glatt und rutschig, und sie mussten vorsichtig jeden Schritt setzen, um nicht auszurutschen. Es gab keine sichtbaren Anhaltspunkte, ob das Eis fest genug war, um ihr Gewicht zu tragen, oder ob sie in die eisige Tiefe stürzen würden.

Die Spannung war spürbar, als die Kriegerinnen und Krieger behutsam über den gefrorenen See gingen. Jeder einzelne Schritt wurde mit äußerster Vorsicht gesetzt. Jedes Knacken oder Knirschen unter ihren Füßen ließ ihre Herzen höher schlagen, und sie hielten den Atem an, um zu hören, ob das Eis nachgeben würde.

Trotz aller Vorsicht gab es vereinzelt Kriegerinnen und Krieger, die in das Eis einbrachen. In solchen Momenten war die Geschwindigkeit und Reaktion der anderen Kriegerinnen und Krieger von entscheidender Bedeutung. Sie griffen nach den Gestürzten und zogen sie schnell aus dem eisigen Wasser, bevor es zu spät war.

Die Tempelwächter und die Zwerge bildeten eine geschlossene Formation und stützten sich gegenseitig, um diejenigen, die ins Eis einbrachen, schnell wieder auf die Beine zu bringen und weiterzumachen. Ihre Entschlossenheit und ihre Verbundenheit als Team ermöglichten es ihnen, trotz der gefährlichen Bedingungen voranzukommen.

Während sie sich vorsichtig ihren Weg durch das eisige Inferno bahnten, wurden sie von den Elementargeistern des Eises attackiert. Diese Geister waren einst friedliche Wesen, die die Schönheit und Stärke des Eises verkörperten, doch nun waren sie von der Finsternis verdorben und griffen alles und jeden an, der ihnen zu nahe kam.

Die Tempelwächter setzten ihre magischen Fähigkeiten ein, um die Elementargeister zu bekämpfen. Sie beschworen mächtige Eiszauber herbei, um ihre Feinde einzufrieren und ihre Angriffe abzuwehren. Die Zwerge hingegen schlugen mit ihren gewaltigen Waffen auf die Geister ein und zerschmetterten sie mit roher Kraft.

Der Kampf war hart und erbittert, doch die Kriegerinnen und Krieger zeigten großen Mut und Entschlossenheit. Sie kämpften Seite an Seite, ihre Kräfte vereint im Kampf gegen die dunkle Bedrohung. Die Magie der Tempelwächter und die Stärke der Zwerge ergänzten sich auf wunderbare Weise und schufen eine tödliche Kombination gegen die verdorbenen Elementargeister.

Schließlich gelang es den Kriegerinnen und Kriegern, das sechste Lager der Uedkult zu erreichen. Sie hatten eine weitere Schlacht gewonnen und einen weiteren Schritt auf ihrem Weg zur Befreiung der Welt gemacht. Erschöpft, aber mit Stolz erfüllt, errichteten sie ihr Lager und ruhten sich aus.

Amara und Lysandra kümmerten sich um ihre Kinder, Hope und Eamon, und bewachten sie liebevoll. Die beiden waren ein Symbol der Hoffnung inmitten der Dunkelheit, und ihre Präsenz gab den Kriegerinnen und Kriegern die Kraft, weiterzumachen.

Heinz suchte Entspannung und Ablenkung, indem er sich um die Waffen und Rüstungen kümmerte. Er überprüfte die Klingen, schärfte die Äxte und sorgte dafür, dass alles bereit war für den nächsten Kampf. Seine Hände waren geschickt und seine Gedanken aufmerksam, während er sich auf die Aufgabe konzentrierte.

Die Kriegerinnen und Krieger tauschten Geschichten und Erlebnisse aus, teilten ihre Ängste und Hoffnungen. Sie stärkten einander und bauten eine Atmosphäre des Vertrauens und der Solidarität auf. Es waren diese Momente der Gemeinschaft, die ihnen die nötige Kraft gaben, um weiterzumachen.

Der eisige Sturm

Das sechste Lager der Uedkult lag auf einer abgelegenen Eisinsel, umgeben von undurchdringlichen Eismassen. Die Elementargeister des Eises bewachten diesen Ort mit eiserner Entschlossenheit, doch die Kriegerinnen und Krieger waren bereit, ihnen gegenüberzutreten.

Die Tempelwächter und die Zwerge hatten ihre Strategien und Taktiken während ihrer Ruhepause im Lager sorgfältig besprochen. Sie wussten, dass sie ihre Kräfte bündeln und koordiniert vorgehen mussten, um die übermächtigen Feinde zu besiegen.

Als sie das sechste Lager erreichten, wurde ihnen schnell klar, dass die Elementargeister des Eises die Kontrolle über das gesamte Terrain hatten. Die eisigen Winde fegten über die Insel und ließen die Temperaturen weiter sinken. Das Lager war von eiskalten Stacheln und gefrorenen Hindernissen umgeben, die jeden Schritt erschwerten.

Die Tempelwächter bildeten einen magischen Kreis und begannen, die Elemente zu beschwören. Sie konzentrierten sich auf die Elemente des Kampfes, des Gesteins, des Stahls und des Feuers. Jeder führte spezifische Zauber aus, um die Elementargeister zu bekämpfen und das Gleichgewicht wiederherzustellen.

Die erste Tempelwächterin, namens Elara, entfesselte den „Sturm der Klinge". Sie formte einen Wirbelwind aus scharfen Klingen, der die Geister umhüllte und sie in tausend Stücke zerschmetterte. Die Klingen schnitten durch das eisige Fleisch der Geister und bannten ihre böse Präsenz.

Dann trat Aiden, ein Magier des Gesteins, hervor. Mit einem tiefen Atemzug ließ er den Boden erbeben und massive Felsbrocken aus dem Erdboden schießen. Er lenkte die Macht der Erde, um die Geister des Eises zu zerschmettern und sie in den bodenlosen Abgrund zu stürzen.

Die Zwerge kämpften mit ihrer körperlichen Stärke und ihrem geschickten Umgang mit ihren

Waffen. Sie schlugen mit ihren Äxten und Hämmer auf die eisigen Geister ein, zersplitterten sie und brachen sie in Stücke. Ihre Angriffe waren präzise und kraftvoll, und sie ließen keinen Raum für Gnade.

Die Tempelwächterin Saria nutzte ihre Verbindung zum Element des Stahls und schmiedete einen Schwertzauber. Das Schwert war von blendendem Licht umgeben und schnitt durch die eisigen Geister wie ein glühendes Messer durch Butter. Ihre Angriffe waren schnell und tödlich und brachten den Geistern des Eises großen Schaden.

Als Nächstes trat der Feuermagier Arden hervor. Mit einer heftigen Geste beschwor er eine Feuerwand, die sich um die Geister des Eises legte. Die Flammen loderten heiß und vernichtend, und sie verwandelten die eisige Pracht in ein Inferno. Die Feuerwand ließ die Geister schmelzen und ließ nur noch schmutzige Pfützen zurück.

Die Kriegerinnen und Krieger kämpften verbissen gegen die Elementargeister des Eises. Ihre Angriffe waren synchronisiert und zielsicher. Sie wechselten sich ab, um die Geister zu erschöpfen und keine Schwäche zuzulassen. Jeder Einsatz von Magie und jeder Hieb der Zwerge war präzise geplant und ausgeführt.

Der Kampf war hart und forderte seinen Tribut. Die Kriegerinnen und Krieger wurden von eisigen Winden umweht und von frostigen Angriffen heimgesucht. Doch sie hielten stand, angetrieben von ihrem Glauben an das Licht und ihren Hoffnungen auf eine bessere Zukunft.

Nach einem langen und erbitterten Kampf gelang es den Kriegerinnen und Kriegern, das sechste Lager der Uedkult zu erobern. Die Elementargeister des Eises waren besiegt und ihre verdorbene Macht wurde zerschlagen. Die Insel lag friedlich da, von der Dunkelheit befreit.

Erschöpft und verwundet versammelten sich die Kriegerinnen und Krieger im Lager und feierten ihren Sieg. Sie rasteten und pflegten ihre Verletzungen. Amara und Lysandra kümmerten sich um ihre Kinder, Hope und Eamon, und erfreuten sich an ihrem Lachen und ihrer Unschuld.

Heinz setzte sich an den Rand des Lagers und genoss die Ruhe. Er lauschte dem Knistern des Feuers und spürte, wie die Anspannung langsam aus seinem Körper wich. Er wusste, dass der Kampf noch nicht vorbei war, aber für diesen Moment konnte er sich entspannen und neue Kraft schöpfen.

Die Kriegerinnen und Krieger tauschten Geschichten und Erfahrungen aus, erzählten von vergangenen Kämpfen und ihren Hoffnungen für die Zukunft. Sie stärkten einander und bildeten eine Gemeinschaft, die nicht nur durch den Kampf, sondern auch durch den Glauben an das Licht und den Zusammenhalt geprägt war.

Während sie sich ausruhten und ihre Wunden pflegten, wussten die Kriegerinnen und Krieger, dass der Weg noch lang war. Das siebte Lager der Uedkult wartete, und es würde sicherlich seine eigenen Herausforderungen mit sich bringen.

Doch sie waren bereit, sich der Dunkelheit entgegenzustellen und für das Licht zu kämpfen.

Der Pfad des Widerstands

Der Weg zum siebten Lager der Uedkult führte die Kriegerinnen und Krieger durch eine gefährliche Eiswüste und später durch hohe Berge. Der Schnee knirschte unter ihren Stiefeln, und der eisige Wind biss schmerzhaft in ihre Gesichter. Die Elementargeister waren zwar vorübergehend abwesend, aber die Natur selbst schien sich gegen sie zu verschwören.

Die Tempelwächter und die Zwerge kämpften sich mit eiserner Entschlossenheit durch die eisige Landschaft. Sie hatten gelernt, sich auf ihre Stärken zu verlassen und die Herausforderungen gemeinsam zu meistern. Die Zwerge führten die Gruppe mit ihrer Erfahrung im Überleben in den Bergen und der Fähigkeit, Wege zu finden, die für andere unzugänglich waren.

Heinz und Lysandra gingen nebeneinander her, ihre Blicke auf den Weg gerichtet, der vor ihnen lag. Sie hatten bereits so viel gemeinsam durchgestanden und teilten eine unerschütterliche Bindung. Inmitten der eisigen Stille begann Lysandra das Gespräch:

„Heinz, es ist erstaunlich, wie weit wir gekommen sind. Es fühlt sich wie eine Ewigkeit an, seit wir unsere Reise begonnen haben."

Heinz nickte zustimmend und lächelte sanft. „Ja, es war ein langer Weg, aber wir haben uns nie entmutigen lassen. Unsere Entschlossenheit hat uns hierhergebracht, und sie wird uns weiterhin führen."

Lysandra seufzte und schaute in die Ferne. „Manchmal fühle ich mich immer noch überwältigt von all dem, was geschehen ist. Die Dunkelheit, die Kämpfe... und unsere Kinder, die aus dieser Welt geboren wurden. Es ist schwer zu begreifen."

Heinz legte behutsam eine Hand auf Lysandras Schulter. „Ja, es ist wahrlich eine Prüfung. Aber unsere Kinder sind ein Symbol der Hoffnung und des Lichts. Sie sind das, wofür wir kämpfen. Wir müssen stark sein, um ihnen eine bessere Zukunft zu ermöglichen."

Die beiden setzten ihren Weg fort, während sie tiefer in die Berge eindrangen. Die Luft wurde dünner, und jeder Atemzug fiel schwerer. Aber sie ließen sich nicht entmutigen und stützten sich gegenseitig, um vorwärtszukommen.

Die Tempelwächter und die Zwerge arbeiteten zusammen, um den Weg zu ebnen. Sie entfernten Eisbrocken, die den Pfad blockierten, und schlugen mit ihren Werkzeugen kleine Stufen in das vereiste Gelände. Jeder Schritt war eine Herausforderung, aber sie waren entschlossen, weiterzugehen.

„Heinz, ich mache mir manchmal Sorgen um unsere Kinder. Wie werden sie mit all dem umgehen? Wie werden sie ihre Wurzeln verstehen?"

Heinz seufzte und legte einen Arm um Lysandras Taille. „Unsere Kinder sind stark und werden ihren eigenen Weg finden. Wir werden ihnen Liebe und Unterstützung geben, um sie zu stärken. Und wir werden sie lehren, dass es in ihrer Macht liegt, die Welt zu verändern."

Lysandra nickte, ihre Augen glänzten vor Entschlossenheit. „Ja, du hast recht. Wir werden ihnen zeigen, dass sie die Wahl haben, ihr eigenes Schicksal zu formen. Wir werden ihnen die Kraft des Lichts und die Bedeutung von Mut und Mitgefühl vermitteln."

Die Kriegerinnen und Krieger erreichten schließlich den Gipfel des Berges und wurden mit einem atemberaubenden Anblick belohnt. Vor ihnen erstreckte sich ein Tal, grün und üppig, ein lebendiger Kontrast zur eisigen Wüste. Das Tal war umgeben von hohen Felswänden und Wasserfällen, die wie silberne Bänder über das Gestein flossen.

Asker, der Anführer der Tempelwächter, trat vor und erhob seine Stimme: „Seht, meine tapferen Kriegerinnen und Krieger! Das siebte Lager der Uedkult liegt vor uns. Der Weg mag schwierig gewesen sein, aber wir sind hier, um dem Bösen Einhalt zu gebieten."

Ein leises Murmeln der Zustimmung ging durch die Reihen der Kriegerinnen und Krieger. Sie hatten so viel gemeinsam durchgemacht und waren bereit, sich dem siebten Lager der Uedkult zu stellen.

Die Tempelwächter und die Zwerge bereiteten sich auf den Angriff vor. Sie schärften ihre Waffen, stellten ihre Fähigkeiten scharf und fokussierten ihre Energien. Die Zeit des Kampfes war gekommen, und sie waren bereit, alles zu geben.

Die Schlacht am Wasserfall

Das siebte Lager der Uedkult lag verborgen hinter hohen Felswänden und einem donnernden Wasserfall, der wie ein Vorhang aus fließendem Silber herabstürzte. Die Tempelwächter und die Zwerge standen am Rand des Wasserfalls und betrachteten die tobenden Fluten, während sich die Elementargeister des Wassers darin formten.

Asker, der Anführer der Tempelwächter, erhob seine Stimme, um seine Mitstreiter zu motivieren: „Seht, meine tapferen Kriegerinnen und Krieger! Das siebte Lager der Uedkult mag von den Elementen Wasser und Stein bewacht werden, aber wir werden nicht zurückweichen! Wir sind die Hüter des Lichts und des Lebens, und wir werden diese Dunkelheit besiegen!"

Ein donnernder Applaus und laute Rufe der Zustimmung erfüllten die Luft. Die Kriegerinnen und Krieger waren bereit, sich dem letzten Kampf zu stellen und die Finsternis endgültig zu vertreiben.

Die Tempelwächter und die Zwerge formierten sich zu einer strategischen Angriffsformation. Heinz und Lysandra standen Seite an Seite und spürten die Energie des Lichts in ihren Herzen.

Heinz zog sein Schwert und spürte die Kraft darin pulsieren. Er rief den Zauber „Glanz des Schwertes" aus und sein Schwert erstrahlte in hellem Licht. Mit einem kraftvollen Schwung schnitt er durch die Luft und zerstreute die Wasser-Elementargeister, die aus dem Wasserfall aufstiegen.

Lysandra konzentrierte sich auf ihre Verbindung zur Natur und ließ ihre Magie der Pflanzen sprechen. Sie rief den Zauber „Wuchernde Ranken" aus und aus dem Boden um sie herum wuchsen mächtige Ranken, die die steinernen Elementargeister umschlangen und ihnen den Weg versperrten.

Rheana, eine Magierin der Tempelwächter, wirbelte herum und rief den Zauber „Sturm der Zerstörung" aus. Aus ihren Händen brach ein gewaltiger Sturm hervor, der die Wasser-Elementargeister hinfortfegte und die Felswände zum Erzittern brachte.

Gundrik, der Zwergenkönig, stieß mit einem gewaltigen Hammer auf den Boden. Die Erde bebte und spaltete sich auf, und verschlang die steinernen Elementargeister.

Während der erbitterte Kampf tobte, schwebte plötzlich eine Gestalt am Rand des Schlachtfeldes. Es war Eamon, das Kind der Finsternis, das mit seinen dunklen Kräften den Elementargeistern der Dunkelheit zu Hilfe kam.

Lysandra und Heinz waren schockiert, als sie ihren Sohn sahen, der nun den feindlichen Elementargeistern beistand. Sie wussten, dass sein Schicksal noch ungewiss war und dass sein Weg noch nicht festgelegt war.

Die Tempelwächter und die Zwerge kämpften mit aller Macht, um die Elementargeister zu besiegen und Eamon von der Finsternis zu befreien. Sie setzten ihre Zauber weiterhin gezielt ein und fochten mit großer Entschlossenheit.

Heinz stürmte auf Eamon zu, sein Schwert erhoben. „Eamon, kämpfe gegen die Dunkelheit in dir! Du bist nicht dazu bestimmt, ein Werkzeug der Finsternis zu sein!"

Eamon blickte seinen Vater an, seine Augen voller Zwiespalt. Doch bevor er reagieren konnte, griff eine mächtige Lichtexplosion aus dem Herzen des Schlachtfeldes ein. Amara stand dort mit ihrer kleinen Tochter Hope auf dem Arm.

Amara sprach mit sanfter Stimme: „Eamon du bist nicht allein. Das Licht ist immer bei dir, und wir werden dich unterstützen. Komm zu uns zurück, lass das Licht in deinem Inneren erstrahlen!"

Eamon schien zu zögern, doch dann durchzuckte ein helles Licht seinen Körper, und er sank zu Boden. Die Finsternis, die ihn umgeben hatte, wich zurück, und er war wieder der Junge, der er einst gewesen war.

Die Tempelwächter und Zwerge kämpften mit erneuter Entschlossenheit. Sie nutzten die Gunst des Moments und besiegten die verbleibenden Elementargeister des Wassers und des Steins. Das siebte Lager der Uedkult wurde von der Finsternis befreit.

Erschöpft aber glücklich versammelten sich die Kriegerinnen und Krieger am Rand des Schlachtfeldes. Sie hatten den Kampf gewonnen und einen weiteren Sieg gegen die Finsternis errungen.

Heinz umarmte Lysandra und blickte auf seine Familie. „Wir haben es geschafft. Die Finsternis wird nicht länger über diese Welt herrschen. Unsere Kinder haben eine Zukunft des Lichts und der Hoffnung."

Lysandra lächelte und drückte Heinz' Hand. „Ja, unser Kampf war nicht umsonst. Wir haben bewiesen, dass Liebe und Entschlossenheit stärker sind als die dunkelsten Mächte. Und wir werden weiterkämpfen, um diese Welt zu einem Ort des Friedens und des Glücks zu machen."

Die Kriegerinnen und Krieger verließen das siebte Lager der Uedkult und machten sich auf den Weg zurück zu ihrer Basis. Der Weg war noch nicht zu Ende, aber sie waren bereit, jeden weiteren Kampf anzunehmen und die Welt von der Finsternis zu befreien.

Die Ruhe vor dem Sturm

Nach dem siegreichen Kampf am Wasserfall des siebten Lagers der Uedkult hatten die Tempelwächter und die Zwerge eine wohlverdiente Rast eingelegt. Sie hatten sich in einem idyllischen Tal niedergelassen, um neue Kraft zu sammeln und sich auf den bevorstehenden Kampf vorzubereiten.

Die Sonne schien warm vom Himmel, während die Kriegerinnen und Krieger ihre Wunden versorgten und sich ausruhten. Die Zwerge hatten ihre Zelte aufgeschlagen und begannen mit der Zubereitung einer herzhaften Mahlzeit. Die Atmosphäre war entspannt und friedlich, doch die Gedanken der Anführer waren schwer von Sorge gezeichnet.

Heinz, Lysandra und Amara hatten sich an den Rand des Tals zurückgezogen und ließen ihren Blick über die malerische Landschaft schweifen. Ihre Gesichter spiegelten die Anspannung wider, die sie alle wegen Eamons Situation empfanden.

Heinz seufzte und brach das Schweigen. „Es wird immer offensichtlicher, dass Eamon zunehmend von der Finsternis bedroht wird, je näher wir der Festung der Uedkult kommen. Ich mache mir große Sorgen um ihn."

Lysandra nickte zustimmend. „Ja, ich habe das Gefühl, dass die Finsternis ihre Fänge nach ihm ausstreckt. Seine inneren Kämpfe werden intensiver, und es wird schwieriger für ihn, das Licht in sich zu bewahren."

Amara legte ihre Hand auf Lysandras Arm und fügte hinzu: „Wir dürfen die Hoffnung nicht aufgeben. Eamon hat bereits bewiesen, dass er die Kraft hat, sich gegen die Finsternis zu erheben. Aber wir müssen ihm helfen, sich zu schützen."

Heinz dachte einen Moment nach und dann erschien ein Entschluss in seinen Augen. „Vielleicht sollten wir Eamon ein Artefakt des Lichts geben, etwas, das seine Verbindung zu den positiven Energien verstärkt und ihn vor der Dunkelheit bewahrt. Es könnte ihm helfen, den Kampf in seinem Inneren zu gewinnen."

Lysandra nickte zustimmend. „Ja, ein solches Artefakt könnte ihm zusätzliche Stärke verleihen und ihm den Glauben an das Licht bewahren. Aber wir müssen vorsichtig sein bei der Auswahl. Es darf keine Magie enthalten, die mit der Finsternis in Konflikt geraten könnte."

Amara lächelte sanft. „Ich habe eine Idee. In einem alten Tempel des Lichts habe ich von einem heiligen Anhänger gehört, der das Licht in seinem Träger entfachen und ihn vor der Finsternis schützen kann. Vielleicht sollten wir dorthin gehen und danach suchen."

Heinz und Lysandra blickten sich an, und in ihren Augen lag ein Funken Hoffnung. „Es ist einen Versuch wert", sagte Heinz. „Wenn es auch nur eine kleine Chance gibt, Eamon zu helfen, dann müssen wir sie nutzen."

Die drei beschlossen, ihre Suche nach dem heiligen Anhänger des Lichts fortzusetzen, sobald sie die Festung der Uedkult erreicht hatten. Sie waren sich einig, dass dies ihre letzte Hoffnung war, Eamon vor der Finsternis zu bewahren.

Die Tempelwächter und die Zwerge genossen ihre Ruhepause im Tal. Die Kriegerinnen und Krieger tauschten Geschichten aus vergangenen Schlachten aus, lachten und teilten ihre Hoffnung auf eine bessere Zukunft. Die Stimmung war geprägt von Solidarität und gegenseitiger Unterstützung.

Heinz, Lysandra und Amara kehrten zu ihren Gefährten zurück und schlossen sich den Gesprächen an. Sie sprachen über die Bedeutung des bevorstehenden Kampfes und darüber, wie sie als Team weiterhin zusammenarbeiten würden. Ihre Worte waren erfüllt von Mut und Entschlossenheit.

Die Sonne ging langsam unter, als die Kriegerinnen und Krieger die Rast beendeten und sich auf den weiteren Weg vorbereiteten. Der Kampf um das siebte Lager der Uedkult war vorbei, aber die größte Herausforderung lag noch vor ihnen.

Mit neuer Hoffnung und Entschlossenheit machten sie sich auf den Weg, den nächsten Abschnitt ihrer gefährlichen Mission anzugehen. Der Weg führte durch finstere Berge, und ihr Ziel war die Festung der Uedkult, der Hort der Dunkelheit.

Der Pfad durch den Giftsumpf

Nachdem die Tempelwächter und die Zwerge sich im idyllischen Tal ausgeruht hatten, machten sie sich auf den Weg zum achten Lager der Uedkult. Doch dieser Abschnitt des Weges würde sich als äußerst gefährlich erweisen, denn er führte durch einen Sumpf, der von giftigen Gasen erfüllt war. Heinz übernahm die Führung und steuerte die Gruppe durch das Terrain.

Als sie den Rand des Sumpfes erreichten, umhüllte sie sofort ein stechender Geruch von fauligem Gas. Der Himmel über dem Sumpf war von giftigen Dämpfen durchzogen, die den Weg zu einem undurchsichtigen Albtraum machten.

Heinz trat vor die Gruppe und wandte sich an die Kriegerinnen und Krieger: „Wir müssen äußerst vorsichtig sein, während wir durch diesen Sumpf gehen. Die Gase sind äußerst giftig und können uns schweren Schaden zufügen. Bleibt nah beieinander, und atmet so wenig wie möglich von der Luft hier ein. Tragt eure Atemmasken und bedeckt eure Nasen und Münder, um euch zu schützen."

Die Kriegerinnen und Krieger folgten Heinz' Anweisungen und zogen ihre Atemmasken hervor. Sie waren dankbar für seine Führung und wussten, dass sie auf seine Erfahrung und sein Wissen zählen konnten.

Heinz lotste die Gruppe langsam und bedacht durch den Sumpf. Er suchte nach dem sichersten Weg, der so wenig wie möglich durch die giftigen Gase führte. Immer wieder machte er auf unsichere Bereiche aufmerksam und wies die Kriegerinnen und Krieger an, wie sie am besten damit umgehen sollten.

Während sie durch den Sumpf marschierten, kam es zu Gesprächen innerhalb der Gruppe. Die Kriegerinnen und Krieger teilten ihre Gedanken und Sorgen über die bevorstehende Schlacht in der Festung der Uedkult. Einige äußerten ihre Ängste, und andere ermutigten sich gegenseitig und bekräftigten ihre Entschlossenheit, die Finsternis zu besiegen.

Lysandra wandte sich an Amara und sagte: „Ich mache mir Sorgen um Eamon. Je näher wir der Festung kommen, desto stärker wird die Dunkelheit um ihn herum. Wir müssen eine Möglichkeit finden, ihn zu schützen."

Amara nickte zustimmend. „Ja, ich denke immer noch an das Artefakt des Lichts, das uns helfen könnte, Eamon zu bewahren. Aber wir müssen vorsichtig sein und sicherstellen, dass es nicht von der Finsternis korrumpiert wird."

Lysandra blickte zu Heinz, der gerade die Gruppe über einen besonders gefährlichen Abschnitt führte, und fügte hinzu: „Heinz hat uns bis jetzt immer gut geleitet. Vielleicht sollte ich mit ihm über das Artefakt sprechen und seine Meinung dazu einholen."

Amara nickte zustimmend und sagte: „Ja, das wäre eine gute Idee. Wir können seine Weisheit und Erfahrung nutzen, um den besten Weg zu finden, Eamon zu schützen."

Die Gruppe setzte ihren Weg durch den gefähr-
lichen Sumpf fort, wobei Heinz weiterhin die
Führung übernahm und die Kriegerinnen und
Krieger sicher durch das giftige Terrain führte.
Die Anweisungen und Gespräche zwischen ihm,
Lysandra und Amara fanden auf dem Weg statt
und waren von großer Bedeutung für das Wohl
des Kindes der Finsternis und des Kindes des
Lichts.

Die Schlacht am achten Lager

Die Gruppe der Tempelwächter und Zwerge näherte sich dem achten Lager der Uedkult, das von riesigen Käfern bewacht und bewohnt wurde. Diese monströsen Kreaturen waren zwischen zwei und drei Metern groß und einige von ihnen waren mit gefährlichen Giftdrüsen ausgestattet. Die Atmosphäre war gespannt, als die Kriegerinnen und Krieger sich auf den bevorstehenden Kampf vorbereiteten.

Heinz, der die Gruppe mit seinem taktischen Geschick und seiner Kampferfahrung leitete, analysierte die Situation und entwickelte einen Plan. Die Tempelwächter und Zwerge stellten sich in Formation auf und bereiteten sich auf den Angriff vor.

Heinz trat vor die Gruppe und rief: „Kriegerinnen und Krieger, wir stehen nun vor einer herausfordernden Schlacht. Die Käfer sind stark und gefährlich, aber wir sind gut vorbereitet und vereint. Lasst uns unsere Stärken nutzen und gemeinsam gegen die Finsternis kämpfen!"

Die Kriegerinnen und Krieger nickten entschlossen und bereiteten ihre Waffen vor. Die Tempelwächter begannen ihre Zauber zu wirken, um den Feind zu schwächen und die Oberhand zu gewinnen.

Heinz fokussierte seine Kräfte und rief den Zauber des Fluges herbei. Plötzlich erhob er sich in die Lüfte und überblickte das Schlachtfeld von oben. Mit seinem erhöhten Blickwinkel konnte er den Käfern und ihren Bewegungen ausweichen und gleichzeitig einen besseren Überblick über die Situation behalten.

Die Tempelwächter entfachten ihre Zauberkünste. Eine Kriegerin namens Leandra entfesselte den Zauber „Felssturm". Aus dem Boden erhoben sich massive Steinsäulen, die die Käfer umschlossen und sie daran hinderten, sich frei zu bewegen. Dies gab den Kriegerinnen und Kriegern die Möglichkeit, gezielte Angriffe auszuführen.

Ein weiterer Tempelwächter namens Arion setzte den Zauber „Feuerwall" ein. Flammen schossen aus seinen Händen und bildeten eine lodernde

Barriere, die die Käfer vom Rest der Gruppe fern-
hielt. Sie fraßen sich durch die feindlichen Reihen
und sorgten für Chaos und Verwirrung.

Heinz nutzte den Moment, um mit seinem Zauber
„Psycho-Energie" die Gedanken der Käfer zu
manipulieren. Er lenkte ihre Aufmerksamkeit ab
und verwirrte sie, was ihre Angriffe und
Bewegungen erschwerte.

Die Zwerge schlugen sich wacker im Nahkampf.
Mit ihren geschickten Hieben und Stößen mit
ihren Waffen, wie Hämmer und Äxte, verursach-
ten sie schweren Schaden bei den Käfern. Sie
arbeiteten eng mit den Tempelwächtern
zusammen und bildeten eine eingeschworene Einheit.

Heinz schwebte über dem Schlachtfeld und
koordinierte die Angriffe. Er fokussierte seine
Kräfte erneut und rief den Zauber „Steinfaust"
herbei. Aus dem Boden erhob sich eine massive
Felsfaust, die mit ungeheurer Wucht auf die Käfer
niederstieß und ihnen verheerende Schläge ver-
setzte.

Die Schlacht tobte weiter, und die Tempelwächter und Zwerge kämpften mit unermüdlicher Entschlossenheit. Die Käfer versuchten, sich gegen die überwältigende Stärke und Magie der Angreifer zu wehren, aber sie waren den vereinten Kräften der Gruppe unterlegen.

Nach einem intensiven und erbitterten Kampf gelang es den Tempelwächtern und Zwerge, das achte Lager der Uedkult zu erobern. Die Käfer wurden besiegt und die Finsternis, die von ihnen ausging, schwand langsam.

Erschöpft aber siegesgewiss sammelte sich die Gruppe und verschnaufte einen Moment. Heinz flog zurück zum Boden und gesellte sich zu Lysandra, Amara und den beiden Kindern. Sie alle waren erleichtert über den Sieg, aber zugleich waren sie sich bewusst, dass der Weg zur Festung der Uedkult noch nicht zu Ende war.

Heinz lächelte und sagte zu Lysandra und Amara: „Wir haben einen weiteren wichtigen Schritt getan. Unsere Stärke und Einigkeit haben uns bis hierher gebracht. Aber wir dürfen nicht nachlassen. Eamon und Hope sind von großer Bedeutung für unsere Mission. Wir müssen sie beschützen und ihnen helfen, ihre eigene Bestimmung zu finden."

Lysandra und Amara nickten zustimmend und umarmten ihre Kinder liebevoll. Sie waren sich der Herausforderungen bewusst, die noch vor ihnen lagen, aber sie waren entschlossen, für eine bessere Zukunft zu kämpfen.

Im Auge des Sturms

Die Gruppe der Tempelwächter und Zwerge setzte ihren Weg fort und betrat eine weite Savanne, die sie zum neunten Lager der Uedkult führen sollte. Doch etwas Ungewöhnliches lag in der Luft. Ein düsteres Gewitter zog auf, und die Atmosphäre wurde immer drückender und bedrohlicher, je näher sie dem Lager kamen.

Die Donner grollten laut und der Himmel öffnete seine Schleusen. Regen prasselte auf die Gruppe herab, während Blitze das Firmament erhellten. Der Wind peitschte stark durch die Savanne und wirbelte den Staub auf, was die Sicht erschwerte.

Die Tempelwächter und Zwerge kämpften gegen den heftigen Sturm an, während sie versuchten, vorwärtszukommen. Sie hielten sich eng aneinander, um nicht verloren zu gehen. Ihre Schritte wurden von dem trommelnden Regen übertönt, aber sie bewahrten ihre Entschlossenheit und ihren Mut.

Heinz entschied sich, bei Lysandra, Amara und den Kindern zu bleiben. Er wollte sicherstellen, dass sie inmitten des Sturms geschützt waren. Er legte seine Hände auf ihre Schultern und rief über den Wind hinweg: „Lasst uns zusammenhalten und aufeinander achten. Wir schaffen das!"

Lysandra hielt Eamon fest in ihren Armen und beruhigte ihn mit sanften Worten. „Es ist nur ein Sturm, mein kleiner Krieger. Wir sind hier, um dich zu beschützen. Keine Angst."

Amara umarmte Hope eng an sich und versuchte, sie ruhig zu halten. „Es ist laut und unheimlich, aber wir sind sicher zusammen. Wir lassen uns von diesem Sturm nicht einschüchtern."

Die Kinder spürten die Beruhigung in den Stimmen ihrer Mütter und legten ihre Köpfe an deren Schultern. Sie fühlten sich sicher und geborgen, auch wenn das Gewitter um sie herum tobte.

Heinz beobachtete die beiden Frauen und Kinder mit liebevollen Augen. Er wusste, dass sie einen wichtigen Teil des Kampfes darstellten. Sie waren das Licht in dieser Dunkelheit und gaben der Gruppe die Kraft, weiterzumachen.

Der Sturm tobte weiter, doch die Tempelwächter und Zwerge gaben nicht auf. Sie kämpften sich mit vereinten Kräften voran, trotz der widrigen Bedingungen. Sie suchten nach dem Weg durch die Savanne und hielten sich aneinander fest, um nicht vom Sturm fortgerissen zu werden.

Heinz führte die Gruppe behutsam durch den Sturm, indem er die Richtung vorgab und die anderen vor Gefahren warnte. Er nutzte seine Fähigkeiten und seine Erfahrung, um die Truppe sicher zu halten.

In der Zwischenzeit erzählten Lysandra und Amara den Kindern Geschichten von Tapferkeit und Hoffnung, um sie abzulenken und ihre Ängste zu mildern. Sie sprachen von den Abenteuern, die sie gemeinsam erlebt hatten, und von der Bedeutung ihrer Mission.

Lysandra lächelte Eamon zu und sagte: „Du bist stark, mein kleiner Krieger. Du hast das Licht in dir, und wir werden dich immer beschützen. Lass dich nicht von der Finsternis überwältigen. Du bist stärker, als du denkst."

Amara strich sanft über Hopes Haar und flüsterte: „Du bist das Kind des Lichts, meine kleine Hoffnung. Du bringst Freude und Zuversicht in unsere Herzen. Lass die Finsternis nicht an dich heran. Du bist geboren, um das Licht zu verbreiten."

Die Kinder hörten aufmerksam zu, während der Sturm um sie herum wütete. Ihre Augen leuchteten vor Entschlossenheit und die Worte ihrer Mütter gaben ihnen Kraft.

Endlich erreichte die Gruppe das Ende der Savanne. Der Sturm ließ nach und das Gewitter zog weiter. Die Tempelwächter und Zwerge atmeten erleichtert auf und setzten ihren Weg fort, dem nächsten Ziel entgegen.

Heinz lächelte Lysandra und Amara an und sagte: „Ihr seid erstaunliche Mütter und Kriegerinnen. Die Art und Weise, wie ihr eure Kinder stärkt und ihnen Mut macht, ist bewundernswert. Gemeinsam werden wir jede Herausforderung meistern."

Lysandra und Amara nickten und spürten die Verbindung, die sie miteinander und mit ihren Kindern hatten. Sie waren bereit, den nächsten Schritt auf ihrem Weg zu gehen, denn sie wussten, dass sie nicht allein waren.

Das neunte Lager der Uedkult

Die Tempelwächter und Zwerge näherten sich langsam dem neunten Lager der Uedkult, das von einem Gewitter umgeben war. Blitze durchzuckten den Himmel und schlugen in unmittelbarer Nähe des Lagers ein. Jeder Blitz manifestierte sich als ein Elementargeist des Elements Blitz, bereit, ihre Feinde zu bekämpfen.

Die Gruppe bildete eine Verteidigungslinie und bereitete sich auf den bevorstehenden Kampf vor. Die Tempelwächter und Zwerge spürten die Spannung in der Luft, als sie ihre Kräfte sammelten und sich auf den Angriff vorbereiteten.

Heinz stand an vorderster Front und spürte die Energie der Erde in seinen Händen. Er konzentrierte sich auf den ersten Blitzgeist, der sich ihm näherte, und rief den Zauber „Erdbebenruf" aus.

Der Boden bebte und zitterte, als gewaltige Erdwellen den Blitzgeist umschlossen. Der Geist versuchte, sich zu befreien, aber die Erdmagie hielt ihn fest. Heinz sprach leise die Worte des Zaubers und erzeugte eine mächtige Erschütterung, die den Geist zerschmetterte.

Die anderen Tempelwächter und Zwerge kämpften ebenso tapfer. Sie setzten ihre Fähigkeiten und Kräfte ein, um die Blitzgeister abzuwehren. Magie des Elements Erde wurde verwendet, um Schutzschilde zu erschaffen.

Während des Kampfes führte Heinz seine Mitstreiter mit klaren Anweisungen an. „Bildet eine Formation! Lasst uns die Feinde in Schach halten und uns gegenseitig schützen. Konzentriert eure Erdmagie auf die Geister und haltet sie fest!"

Heinz führte den nächsten Zauber aus, den „Erdwall". Er erhob seine Hände und ließ eine massive Mauer aus Felsen und Erde entstehen. Diese bildete eine Barriere zwischen den Geistern und der Gruppe, und jeder Angriff der Geister wurde von der Mauer abgewehrt.

Heinz hörte eine vertraute Stimme hinter sich. Es war Lysandra, die mit ihrem Bogen an seiner

Seite stand. Sie hatte ihn gespannt und zielte auf die heranstürmenden Geister.

Lysandra sprach leise zu Heinz: „Wir sind bereit, Heinz. Lasst uns die Dunkelheit mit unserem Licht durchdringen. Gemeinsam sind wir stark."

Heinz nickte und lächelte. Er wusste, dass sie recht hatte. Gemeinsam waren sie unschlagbar. Sie kämpften Seite an Seite und verteidigten das Lager mit aller Kraft.

In der Zwischenzeit waren Amara und die anderen Tempelwächterinnen damit beschäftigt, die Zwerge zu unterstützen und die Verwundeten zu versorgen. Sie heilten die Wunden ihrer Kameraden und gaben ihnen neuen Mut.

Amara beobachtete aufmerksam die Kämpfe und man konnte den Stolz in ihren Augen sehen, als sie sah, wie ihre Tochter Hope, die das Kind des Lichts war, ihre eigenen Kräfte entfaltete. Hope warf kleine Lichtkugeln auf die Geister und erhellte die Dunkelheit um sie herum.

Während des Kampfes führten die Tempelwächter und Zwerge kurze Gespräche, um sich zu koordinieren und ihre Taktik anzupassen.

Heinz wandte sich an Lysandra und sagte: „Wir müssen den Druck aufrechterhalten und die Geister in Schach halten. Wir dürfen nicht nachlassen."

Lysandra antwortete: „Du hast recht, Heinz. Wir müssen stark bleiben und unsere Kräfte vereinen. Gemeinsam werden wir die Dunkelheit besiegen."

Amara, die neben ihnen stand, fügte hinzu: „Und wir müssen besonders auf Eamon achten. Die Finsternis wird versuchen, seine Seele zu beeinflussen. Wir müssen ihn beschützen."

Heinz nickte zustimmend. „Ich werde ein wachsames Auge auf ihn haben. Wir dürfen nicht zulassen, dass die Finsternis ihn überwältigt. Er ist ein wichtiger Teil unserer Gruppe."

Die Schlacht tobte weiter, aber die Tempelwächter und Zwerge hielten stand. Ihre Magie des Elements Erde und ihre Entschlossenheit waren stark genug, um die Geister des Blitzes zurückzudrängen.

Nach einem langen und erbitterten Kampf, waren alle Geister besiegt. Die Gruppe atmete erleichtert auf und spürte die Erschöpfung nach der intensiven Schlacht.

Heinz, Lysandra und Amara kamen zusammen und umarmten sich. Sie hatten eine weitere Herausforderung gemeistert und waren stärker daraus hervorgegangen. Die Liebe und der Zusammenhalt in ihrer Gruppe gaben ihnen die Kraft, jede Finsternis zu besiegen.

Im Bann der Dunkelheit

Die Gruppe der Tempelwächter und Zwerge zog kurz nach Sonnenaufgang los, um das zehnte Lager der Uedkult zu erreichen. Doch je näher sie kamen, desto dunkler wurde es um sie herum. Es war, als ob die Dunkelheit selbst ihren Weg blockierte und das Licht der Sonne schluckte.

Die Tempelwächter und Zwerge spürten, wie sich eine unheimliche Schwärze um sie herum ausbreitete. Selbst das magische Licht, das sie erzeugten, konnte die Dunkelheit nicht erhellen. Ein Gefühl der Angst und Unruhe machte sich in der Gruppe breit.

Heinz, Lysandra und Amara versuchten, die Kinder und die ganze Truppe zu beruhigen. Sie wussten, dass die Dunkelheit nicht nur eine physische Bedrohung war, sondern auch ihre Geister und ihren Verstand beeinflusste.

Heinz nahm Lysandra und Amara beiseite und sprach in gedämpfter Stimme: „Diese Dunkelheit ist anders, als alles, was wir zuvor erlebt haben. Sie greift nicht nur unsere Sinne an, sondern auch unsere Gedanken und Ängste. Wir müssen stark bleiben und zusammenhalten."

Lysandra nickte zustimmend. „Du hast recht, Heinz. Die Dunkelheit versucht, uns zu spalten und unsere Hoffnung zu zerstören. Wir dürfen nicht zulassen, dass sie gewinnt. Wir müssen den Kindern Mut machen und ihnen zeigen, dass wir für sie da sind."

Amara fügte hinzu: „Ich spüre die Angst in der Luft. Wir müssen alle zusammenstehen und uns gegenseitig stärken. Die Kinder müssen wissen, dass wir sie beschützen werden, egal was passiert."

Die Gruppe setzte ihren Weg fort, obwohl die Dunkelheit immer bedrückender wurde. Sie erkannten kaum noch die Umrisse der Landschaft und waren gezwungen, sich eng aneinanderzuhalten, um nicht den Kontakt zu verlieren.

Die Tempelwächter und Zwerge begannen allmählich den Verstand zu verlieren. Die Dunkelheit spielte mit ihren Sinnen und halluzinatorische Bilder und Geräusche drangen in ihre Köpfe ein. Einige hörten furchterregende Schreie, andere sahen schattenhafte Gestalten vorbeihuschen.

Heinz, Lysandra und Amara versuchten, die Gruppe zusammenzuhalten und sie zu beruhigen. Sie sprachen ermutigend auf die Kinder ein und, vermittelten ihnen so Sicherheit.

Heinz sprach zu Eamon, der immer stärker von der Finsternis bedroht wurde: „Eamon, hör mir zu. Du bist stark und mutig. Die Dunkelheit kann dich nicht überwältigen, solange du an das Licht in deinem Inneren glaubst. Konzentriere dich darauf und halte deine Gedanken klar."

Lysandra beruhigte Hope, die das Kind des Lichts war: „Hope, du hast eine besondere Kraft in dir. Du kannst das Licht auch in der Dunkelheit sehen. Lass es in deinem Herzen erstrahlen und es wird dir den Weg weisen."

Amara richtete sich an die anderen Kriegerinnen und Magierinnen: „Lasst uns unseren Mut zusammennehmen und uns auf unsere Stärke besinnen. Die Dunkelheit mag bedrohlich sein, aber wir haben die Macht, ihr entgegenzutreten. Gemeinsam werden wir diese Prüfung bestehen."

Die Gruppe bewegte sich langsam durch die Dunkelheit, wobei sie auf ihr magisches Gespür und die Erinnerung an den Weg angewiesen waren. Sie konnten kaum unterscheiden, ob sie noch auf dem richtigen Pfad waren oder in die Irre geführt wurden.

Die Dunkelheit schien sie einzusperren und ihre Hoffnung zu erdrücken. Doch sie kämpften weiter, fest entschlossen, das zehnte Lager zu erreichen und die Uedkult zu besiegen.

Im Schatten des Verlustes

Als sie das Lager der Uedkult erreichten, war es bereits Mittag. Die Sonne stand hoch am Himmel und ein warmes Licht umhüllte die Gegend. Die Dunkelheit, die sie auf ihrem Weg begleitet hatte, war verschwunden. Doch mit ihr war auch Eamon verschwunden. Die Finsternis hatte ihn mit sich genommen, und seine Abwesenheit hinterließ eine tiefe Leere.

Als Lysandra realisierte, dass Eamon nicht mehr bei ihnen war, geriet sie in Panik. Ihre Augen füllten sich mit Tränen, und ein Ausdruck von Verzweiflung lag auf ihrem Gesicht. „Wo ist er? Wo ist mein Sohn?", schrie sie und ihre Stimme zitterte vor Angst.

Heinz und Amara versuchten, Lysandra zu beruhigen, während Hope, das Kind des Lichts, traurig an Amaras Seite stand und leise weinte. Heinz legte seine Hand auf Lysandras Schulter und sagte sanft: „Lysandra, wir werden Eamon nicht aufgeben. Wir werden alles tun, um ihn zu retten. Aber dafür müssen wir weitergehen zur

Festung der Uedkult. Dort werden wir Antworten finden."

Lysandra wandte ihren Blick zu Heinz und schluchzte: „Aber wie können wir weitergehen, als ob nichts geschehen wäre? Eamon ist verschwunden, in den Fängen der Finsternis! Ich kann nicht einfach weitermachen, als wäre alles normal."

Amara trat zu Lysandra und nahm sie in den Arm. „Lysandra, ich verstehe deinen Schmerz. Aber wir dürfen die Hoffnung nicht aufgeben. Eamon braucht uns jetzt mehr denn je. Wir müssen stark sein, für ihn und für Hope. Gemeinsam werden wir ihn finden und zurückbringen."

Hope schaute zu ihrer Mutter auf und wischte sich die Tränen aus den Augen. „Mama, wir müssen stark sein und Eamon zurückholen. Er braucht uns."

Lysandra blickte zwischen Amara und Hope hin und her, ihre Augen erfüllt von Trauer und Entschlossenheit. „Ihr habt recht. Wir werden Eamon nicht im Stich lassen. Ich werde kämpfen, um ihn zu retten."

Heinz nickte zustimmend. „Das ist der Geist, den wir brauchen. Lasst uns weitergehen zur Festung der Uedkult. Dort werden wir Antworten finden und einen Weg, Eamon zurückzubringen."

Die Gruppe setzte ihren Weg fort, die Entschlossenheit in ihren Herzen. Obwohl der Verlust von Eamon schwer auf ihnen lastete, versuchten sie, sich gegenseitig zu stützen und die Hoffnung aufrechtzuerhalten.

Die Gespräche auf ihrem Weg waren von einem Mix aus Trauer, Entschlossenheit und Hoffnung geprägt. Sie erinnerten sich an die Abenteuer, die sie gemeistert hatten, und daran, dass sie als Team stärker waren. Sie sprachen über ihre Ängste und Zweifel, aber auch über ihre Liebe und den Glauben daran, dass sie Eamon wiederfinden würden.

Amara sagte zu Lysandra: „Wir werden alles tun, was in unserer Macht steht, um Eamon zu retten.

Wir sind nicht allein, wir haben die Unterstützung der Tempelwächter und der Zwerge. Zusammen werden wir stark sein und die Finsternis besiegen."

Heinz fügte hinzu: „Lysandra, du bist eine starke Kriegerin und eine liebevolle Mutter. Lass uns gemeinsam stark sein, für Eamon und für diejenigen, die wir lieben. Die Finsternis mag mächtig sein, aber unsere Liebe und Entschlossenheit sind stärker."

Lysandra kämpfte mit ihren Tränen, doch sie nickte und antwortete mit fester Stimme: „Ihr habt recht. Ich werde nicht aufgeben. Für Eamon und für uns alle. Wir werden ihn zurückholen."

So setzte die Gruppe ihren Weg zur Festung der Uedkult fort, die in greifbarer Nähe war. Sie hatten den Verlust von Eamon tief in ihren Herzen, doch sie ließen sich nicht von ihrer Mission abbringen. Sie setzten ihren Weg weiter fort.

Der lange Weg zur Festung der Uedkult führte die tapferen Gefährten durch einen düsteren und gefährlichen Berg. Die Höhlen und Tunnel schienen unendlich zu sein, und die Enge und Stille verstärkten die bedrückende Atmosphäre. Die Luft war stickig, und jeder Schritt hallte in den Gängen wider. Die Gedanken der Gefährten waren von einer Mischung aus Anspannung und Unsicherheit erfüllt.

Während sie durch den Berg wanderten, drängten sich Emotionen wie Angst, Zweifel und Trauer in ihre Herzen. Jeder von ihnen trug die Last des Verlustes von Eamon auf seinen Schultern. Die Dunkelheit schien sich in ihre Gedanken einzuschleichen, und sie mussten sich immer wieder gegenseitig ermutigen, nicht den Mut zu verlieren.

Nach Stunden des Wanderns erreichten sie eine Felswand, die den Weg zur Festung der Uedkult versperrte. Die Wand erstreckte sich hoch über ihnen und schien unüberwindbar. Heinz trat vor und spürte die Macht der Finsternis, die von der Wand ausging.

Mit Entschlossenheit in seinen Augen begann Heinz mit seinem ersten Versuch, einen Durchgang zu öffnen. Er führte ein uraltes Ritual durch, bei dem er mit den Elementen des Feuers und des Lichts interagierte. Er murmelte leise die Worte eines Zauberspruchs und streckte seine Hände aus. Doch nichts geschah. Die Felswand blieb unverändert.

Heinz gab nicht auf. Er führte weitere Versuche durch, mit jedem Mal eine andere Kombination von Zaubersprüchen und Ritualen. Er beschwor den Schutz des Gesteins, rief die Macht des Windes herbei und bat um die Hilfe des Lichts. Doch jedes Mal wurden seine Bemühungen von der undurchdringlichen Felswand zunichtegemacht. Die Dunkelheit schien den Durchgang zu versperren.

Die Gefährten beobachteten Heinz mit besorgten Blicken. Sie spürten seine Frustration, aber sie wussten auch, dass er nicht aufgeben würde. Sie standen an seiner Seite und unterstützten ihn in seinem Streben.

Beim sechsten Versuch erhob Heinz seine Stimme und rief nach der Macht des Lichts. Er sprach einen Zauberspruch, den er seit langer Zeit nicht mehr verwendet hatte. Er klang fest und voller Entschlossenheit. Da öffnete sich ein kleiner Riss in der Felswand, der langsam größer wurde und genug Platz für sie bot, hindurchzugehen.

Als die Gefährten auf der anderen Seite der Felswand herauskamen, bot sich ihnen ein düsteres Bild. Die Festung der Uedkult war in eine undurchdringliche Finsternis gehüllt, die von Eamon auszugehen schien. Er schwebte über allem, umgeben von einer Aura der Dunkelheit. Sein Blick war leer, und es sah aus, als ob die Finsternis Besitz von ihm ergriffen hätte.

Lysandra brach in Tränen aus und rief den Namen ihres Sohnes. Hope schluchzte leise und klammerte sich an ihre Mutter. Heinz und Amara versuchten, die beiden Frauen zu beruhigen und ihnen Mut zuzusprechen.

Heinz trat vor und sagte mit fester Stimme: „Wir werden Eamon nicht aufgeben. Wir müssen die Finsternis bekämpfen und ihn befreien. Gemeinsam sind wir stark, und wir werden ihn zurückholen. Lasst uns vorangehen und die Herausforderung annehmen."

Lysandra und Amara nickten, ihre Gesichter waren gezeichnet von kompromissloser Entschlossenheit. Sie würden für Eamon kämpfen, koste es, was es wolle.

Die Gefährten machten sich auf den Weg in die Finsternis, mit der Gewissheit, dass dies ihre schwerste Prüfung sein würde. Doch ihre Liebe, ihre Freundschaft und ihre Entschlossenheit würden sie vorantreiben, derweil sie den dunklen Mächten der Uedkult gegenübertraten.

Das Licht der Hoffnung

Die Gefährten standen vor der finsteren Festung der Uedkult, als eine Armee des Feenvolkes auf der Wiese vor ihnen erschien. Die feenhaften Kriegerinnen waren bereit, gegen die Finsternis zu kämpfen, und schlossen sich den Gefährten an. An der Spitze der Armee stand die Anführerin, eine majestätische und kraftvolle Fee mit leuchtenden Flügeln.

Die Anführerin ging direkt auf Hope zu und betrachtete das Mädchen intensiv. Ihre Augen strahlten mit einem geheimnisvollen Glanz, als sie zu sprechen begann. „Du bist die Verheißene, das Licht, das die Finsternis besiegen kann", sagte sie mit sanfter, aber bestimmter Stimme.

Heinz, Amara und Lysandra schauten erstaunt auf die Fee und verstanden zunächst nicht, was sie meinte. Die Anführerin erklärte ihnen, dass Eamon ein Katalysator für die Finsternis geworden sei und der Kampf nur gewonnen werden könne, wenn Hope zu einem Katalysator für das Licht werde.

Amara, überwältigt von der Aussicht, ihre eigene Tochter einer solchen Gefahr auszusetzen, zögerte und wehrte sich gegen den Gedanken. „Ich kann nicht zulassen, dass meiner Tochter etwas zustößt", sagte sie mit bebender Stimme. „Lysandra hat bereits ihren Sohn verloren. Ich kann nicht auch noch mein Kind verlieren."

Die Anführerin der Feen trat einen Schritt näher und legte sanft ihre Hand auf Amaras Arm. „Ich verstehe deine Angst, Amara. Aber es geht um mehr als nur um deine Tochter. Es geht um das Schicksal der Welt, um das Gleichgewicht zwischen Licht und Dunkelheit. Hope besitzt das Potenzial, das Licht in sich zu tragen und die Finsternis zu besiegen. Es wird ein schwieriger Weg sein, aber wenn wir gemeinsam kämpfen, können wir die Welt retten."

Amara starrte in die Augen der Anführerin, und nach einem Moment der Stille nickte sie schließlich zögernd. „Wenn es der einzige Weg ist, die Finsternis zu besiegen und Eamon zu retten, dann werde ich zustimmen. Aber bitte, schützt meine

Tochter während des Rituals. Sie ist noch so jung."

Die Anführerin lächelte sanft und versicherte Amara: „Wir werden alles in unserer Macht Stehende tun, um Hope zu beschützen. Vertraue uns, und wir werden ihr Licht stärken."

Drei Magierinnen des Feenvolkes traten nun hervor und begannen mit einem uralten Ritual. Sie bildeten einen Kreis um Hope und starteten leise und harmonisch zu singen. Ihre Stimmen verschmolzen zu einer Melodie, die die Luft erfüllte und eine magische Aura um das Mädchen schuf.

Die Magierinnen hoben ihre Hände und ließen sanfte Lichtstrahlen aus ihren Fingerspitzen auf Hope niederschweben. Das Licht umgab sie, und sie begann langsam zu schweben. Ein gleißender Lichtschein strahlte von ihr aus und erfüllte den gesamten Bereich um die Festung.

Während des Rituals bildeten Heinz, Lysandra und Amara einen Schutzring um Hope, um sie vor möglichen Angriffen zu bewahren. Die Intensität des Lichts und die Präsenz der Feenarmee erschufen eine magische Barriere, die die Finsternis auf Abstand hielt.

Heinz fühlte eine Woge der Hoffnung, in seinem Inneren aufsteigen, als er das strahlende Licht von Hope sah. Er wusste, dass sie eine entscheidende Rolle spielen würde, um Eamon zu retten und die Finsternis zu besiegen.

„Hope, du bist das Licht, das uns den Weg weist", flüsterte Heinz zu dem schwebenden Mädchen. „Wir werden dich beschützen und Eamon zurückholen. Zusammen werden wir die Uedkult bezwingen."

Lysandra und Amara schlossen sich Heinz an und legten ihre Hände auf seine Schultern. „Wir sind eine Familie, und wir werden das gemeinsam durchstehen", sagte Lysandra mit fester Stimme. „Wir werden Eamon und die Welt retten."

Amara nickte und fügte hinzu: „Wir haben bereits so viel überstanden, und wir werden auch diese

Prüfung bestehen. Eamon wird wieder bei uns sein, und die Finsternis wird weichen."

Die Gefährten blickten entschlossen in die Dunkelheit der Festung der Uedkult, während das Licht der Hoffnung weiterhin von Hope ausstrahlte. Sie waren gewillt, ihren Weg fortzusetzen, bereit, der Finsternis entgegenzutreten und Eamon zu befreien.

Die Schlacht der Lichter und Schatten

Die Gefährten, vereint durch ein neues Bündnis aus Tempelwächtern, Zwergen und Feen, schritten mit entschlossenen Tritten auf die Festung der Uedkult zu. Über ihnen schwebte Hope, das Licht der Hoffnung, während die Finsternis auf der anderen Seite von Eamon genährt wurde. Die Atmosphäre war gespannt und geladen, als sie die dunklen Mauern der Festung erreichten.

Heinz, Lysandra und Amara waren voller Entschlossenheit und Mut. Sie wussten, dass dies der entscheidende Kampf war, um Eamon zu retten und die Finsternis zu besiegen. Jeder von ihnen hatte sein eigenes Arsenal an Waffen und Zauberkräften, die sie nun einsetzen würden.

Lysandra zog ihre mächtigen Klingen aus den Scheiden und schwang sie geschickt in der Luft. Ihr Körper war in einen Zustand konzentrierter Kampfbereitschaft versetzt. Sie spürte die Macht der Elemente in sich und kanalisierte sie durch ihre Waffen.

Amara erhob ihre Hände und ließ ihre Zauberkräfte der Heilung und des Schutzes fließen. Ein
sanftes Glühen umgab sie, während sie die
Gefährten mit ihrem magischen Schutz umhüllte.
Sie war bereit, jeden Einzelnen zu verteidigen
und zu heilen, der ihre Hilfe benötigte.

Heinz griff zu seinem Stab, der mit uralten Runen
verziert war. Er kanalisierte seine Erdmagie und
ließ den Boden erbeben. Die Erde gehorchte ihm
und formte sich zu Steinbarrieren, die den Feind
aufhalten sollten.

Die Gefährten stürmten auf die Feinde zu, die
ihnen in der Festung entgegenkamen. Lysandra
wirbelte mit ihren Klingen in einem tödlichen
Tanz und durchtrennte die Reihen der dunklen
Kreaturen. Ihr Geschick und ihre Stärke waren
bewundernswert, während sie ihren Weg durch
die Finsternis bahnte.

Amara setzte ihre Zauberkräfte gezielt ein, um
die Verwundeten zu heilen und ihre Verbündeten
zu stärken. Ihr Licht erhellte die Dunkelheit und
spendete Hoffnung und Mut. Sie kämpfte nicht

nur mit ihren Fähigkeiten, sondern auch mit dem Glauben an das Gute und dem Willen, ihre Familie zu beschützen.

Heinz nutzte seine Erdmagie, um Steinpfeiler aus dem Boden emporragen zu lassen und den Feind zu behindern. Er schleuderte Steinkugeln auf seine Gegner und setzte seine Zauberkräfte geschickt ein, um den Angriffen der Finsternis entgegenzuwirken.

Die Schlacht tobte mit großer Wucht und Intensität. Der Kampf zwischen Licht und Schatten spiegelte sich in jedem einzelnen Hieb und Zauber wider. Die Gefährten kämpften mit ganzer Kraft und brachten den Feinden schweren Schaden bei.

Während des Kampfes drangen die Worte der Gefährten immer wieder durch den Lärm der Schlacht.

„Lysandra, pass auf dich auf! Du bist unsere Stärke!", rief Heinz und schleuderte einen Steinzauber auf einen heranstürmenden Feind.

Lysandra lachte inmitten des Kampfes und antwortete: „Keine Sorge, Heinz! Ich werde dich nicht im Stich lassen. Gemeinsam werden wir sie bezwingen!"

Amara konzentrierte sich darauf, ihre Verbündeten zu schützen und die Verwundeten zu heilen. Sie rief ihnen zu: „Haltet durch, wir sind stärker, wenn wir zusammenhalten! Das Licht wird uns leiten!"

Die Schlacht wogte hin und her, und die Gefährten kämpften verbissen weiter. Die Finsternis versuchte, ihre Kräfte zu schwächen, aber die Entschlossenheit der Lichtkrieger war ungebrochen.

Plötzlich geschah das Unfassbare. Eine dunkle Gestalt tauchte hinter Lysandra auf und durchbohrte sie mit einem Schwert. Ein Schrei der Qual entfuhr ihr, als sie zu Boden sank.

„Lysandra!" Amara schrie vor Schreck und Erschütterung. Sie stürzte zu ihr und kniete neben ihr nieder. Tränen rannen über ihre Wangen, als sie versuchte, die Blutung zu stoppen.

Lysandra lächelte schwach und flüsterte: „Lasst euch nicht unterkriegen... Kämpft weiter... Ich werde... immer bei euch sein..."

Ihre Stimme schwand, und ihr Blick erlosch. Lysandra, die tapfere Kriegerin, war gefallen.

Amara hielt sie fest und schluchzte. „Nein, Lysandra... Du darfst nicht gehen... Wir brauchen dich... Ich brauche dich... Eamon braucht dich..."

Heinz trat zu ihnen, Tränen in den Augen. „Sie wird in unseren Herzen weiterleben. Wir werden ihren Tod nicht umsonst sein lassen. Jetzt müssen wir noch stärker sein und für sie kämpfen."

Die Gefährten sammelten sich und setzten den Kampf fort. Lysandras Opfer gab ihnen zusätzliche Entschlossenheit und Stärke, um die Dunkelheit zu besiegen. Sie kämpften nicht nur für Eamon und die Welt, sondern auch für Lysandras Vermächtnis.

Die Schlacht tobte weiter, und die Gefährten kämpften mit einer Wut und einer Hingabe, die durch den Verlust ihrer tapferen Kameradin entfacht wurde. Währenddessen schwebte Hope immer noch über ihnen und strahlte ein gleißendes Licht aus.

Die Schlacht erreichte einen kritischen Höhepunkt, als plötzlich ein unheimlicher Dämon aus der Dunkelheit auftauchte, der Dämonenfürst der Uedkult. Er war von erschreckender Größe und schien die gesamte Finsternis zu verkörpern. Die Uedkult bauten sich hinter ihm auf, bereit, seinem Befehl zu folgen.

Ein schrecklicher Schauder durchfuhr die Reihen der Verbündeten, als der Dämon nach zehn Feen griff und sie mit einer Hand zerquetschte. Sein teuflisches Lachen hallte durch die Luft und schien jegliche Hoffnung zu ersticken.

Doch schlagartig begann Hope, das Licht der Verheißung, immer heller zu strahlen. Ihr Schein durchdrang die Dunkelheit und ließ die Feinde erzittern.

In diesem entscheidenden Moment bündelten alle Magier ihre gesamte Kraft, unabhängig von ihrer Herkunft oder Rasse. Sie formten einen mächtigen Strahl, der aus einer Vielzahl von Magien bestand. Lichtmagie, Kampfmagie, Flugmagie, Giftmagie, Erdmagie, Steinmagie, Käfermagie, Geistmagie, Stahlmagie, Feuermagie, Wassermagie, Pflanzenmagie, Elektromagie, Psychomagie, Eismagie, Drachenmagie und Feenmagie flossen ineinander. Jede Magie hatte ihre eigene leuchtende Farbe und verlieh dem Strahl eine unglaubliche Macht.

Der Strahl traf den Dämonenfürsten mit einer unaufhaltsamen Kraft. Die Finsternis wurde von einem unerbittlichen Licht durchbohrt und die Feinde wurden von der Wucht des Angriffs zurückgeschleudert.

Doch es schien, als ob der Dämon dem Strahl widerstand. Er lachte höhnisch und wirkte unbeeindruckt von der gewaltigen Magie, die auf ihn einprasselte.

In diesem kritischen Moment mischte sich etwas Unerwartetes in den Strahl. Die Finsternisenergie von Eamon, die in ihm geschlummert hatte, erwachte. Sie verschmolz mit dem Lichtstrahl und erzeugte eine Mischung aus Licht und Dunkelheit, die sich wie ein mächtiger Sturm manifestierte.

Eine gewaltige Pforte öffnete sich hinter dem Dämonenfürsten, eine Verbindung zum Nichts selbst. Mit einem wütenden Aufschrei wurde der Dämon zusammen mit den Uedkult von der Energie des Strahls erfasst und in das Nichts zurückgezogen.

Die Gefährten konnten nur staunend zusehen, wie die Bedrohung verschwand. Doch der Preis dafür war hoch. Eamon und Hope, die beiden Katalysatoren von Licht und Finsternis, fielen ohnmächtig auf den Boden.

Amara eilte zu ihrer Tochter und kniete neben ihr nieder. Ihre Hände glühten vor heilender Magie, als sie versuchte, Hope wieder zu Bewusstsein zu bringen. „Hope, wach auf! Du hast es geschafft, du hast uns gerettet", flüsterte sie verzweifelt.

Heinz stand benommen da, sein Gesicht von Erschöpfung gezeichnet. Er wandte sich an Lysandras leblosen Körper, der noch immer auf dem Schlachtfeld lag. „Lysandra, wir haben gewonnen... Aber zu welchem Preis..."

Lysandras Stimme erschien ihm in Gedanken. „Habt keine Angst, meine Freunde. Mein Opfer war nicht vergebens. Die Finsternis ist besiegt, und das Licht wird wieder erstrahlen. Kümmert euch um Hope und Eamon. Ich werde in euren Herzen weiterleben."

Die Gefährten sammelten sich um Amara und Hope, ihre Gemüter erfüllt von Trauer und Erschöpfung, aber auch von Dankbarkeit für das, was sie erreicht hatten. Die Zeit der Ruhe und des Abschieds würde ihnen bald bevorstehen. Zunächst mussten sie sich um diejenigen kümmern, die allen am Herzen lagen.

Abschied und Neubeginn

Die Sonne stand hoch am Himmel, als die Gefährten sich um das Grab versammelten. Lysandras letzte Ruhestätte war ein Ort der Stille und des Friedens. Blumen und Kerzen schmückten das Grab und die Anwesenden trugen trauernde Gesichter.

Amara trat vor, ihre Augen voller Tränen, und begann mit zitternder Stimme zu sprechen. „Lysandra, du warst eine Kämpferin, eine Freundin und eine Schwester für uns alle. Du hast dein Leben geopfert, um uns das Licht zurückzubringen. Dein Mut und deine Opferbereitschaft werden niemals vergessen sein. Ruhe in Frieden, liebe Lysandra."

Eine tiefe Stille senkte sich über die Versammelten, und jeder nahm sich einen Moment, um Abschied zu nehmen und in Gedanken seine eigenen Worte an Lysandra zu richten. Die Feen, die als Zeugen des Geschehens anwesend waren, verneigten sich in respektvoller Trauer.

Nach der Beerdigung wandte sich die Aufmerksamkeit der Gefährten einem anderen bedeutenden Ereignis zu - der Hochzeit von Amara und Heinz. Die Feen hatten beschlossen, ihre Liebe zu segnen und ihnen ihre besten Wünsche für ihre gemeinsame Zukunft zu geben.

Inmitten einer idyllischen Waldlichtung, umgeben von Blumen und dem sanften Gesang der Vögel, wurden Amara und Heinz von der Fee der Liebe, getraut.

Die Fee der Liebe sprach mit sanfter Stimme: „Amara und Heinz, eure Liebe hat den Test der Dunkelheit und des Kampfes bestanden. Möge sie weiterhin eure Herzen erleuchten und euch Kraft und Freude schenken. Lasst eure Bindung stark sein und eure Bande für immer halten."

Amara und Heinz tauschten Ringe aus, die als Zeichen ihrer ewigen Verbundenheit dienten. Ihre Augen strahlten vor Glück, und in diesem Moment fühlten sie sich vollständig.

Doch es gab noch eine wichtige Angelegenheit zu erledigen. Amara wandte sich Eamon zu, der neben ihnen stand, und kniete vor ihm nieder. „Eamon, du bist und wirst immer mein Sohn sein. Ich nehme dich als mein eigenes Fleisch und Blut an. Möge unsere Liebe und unsere Familie für immer zusammenbleiben."

Eamon blickte Amara mit Tränen in den Augen an und nickte. „Ich liebe dich, Mama", flüsterte er, bevor er sich in ihre Umarmung stürzte.

Mit dem Segen der Feen und dem gemeinsamen Ziel, ein neues Kapitel in ihrem Leben zu beginnen, verabschiedeten sich Amara und Heinz von ihrem Dienst bei den Tempelwächtern. Sie beschlossen, ein einfaches und friedliches Leben in einem nahegelegenen Dorf zu führen, wo sie ein gemütliches Haus für ihre Familie fanden.

Als sie in ihr neues Zuhause eintraten, spürten sie eine tiefe Dankbarkeit und Zufriedenheit. Das Leben hatte ihnen viele Herausforderungen gestellt, aber sie hatten sie gemeinsam gemeistert und waren stärker daraus hervorgegangen.

Amara und Heinz saßen zusammen mit Eamon und Hope im Wohnzimmer, umgeben von den Erinnerungen an ihre vergangenen Abenteuer. Die Kinder spielten miteinander und lachten, während Amara und Heinz sich liebevoll ansahen.

„Wir haben so viel durchgemacht, aber wir haben es geschafft", sagte Amara und legte ihre Hand auf Heinz' Hand. „Unsere Liebe und unsere Familie haben uns durch alles getragen. Ich könnte nicht glücklicher sein."

Heinz lächelte und drückte Amaras Hand sanft. „Ja, unsere Reise war voller Höhen und Tiefen, aber sie hat uns zu diesem Moment geführt. Wir haben eine Familie und ein Zuhause gefunden. Das ist das größte Geschenk, das wir uns gegenseitig machen konnten."

Die beiden saßen still da und genossen den Moment der Ruhe und des Glücks. Sie wussten, dass das Leben noch weitere Herausforderungen bringen mochte, aber sie hatten gelernt, dass solange sie zusammenhielten und ihre Liebe und ihr Vertrauen füreinander bewahrten, sie alles überwinden konnten.

Und so begann ein neues Kapitel in ihrem Leben, in dem sie als Familie vereint waren, gestärkt durch ihre Vergangenheit und voller Hoffnung für die Zukunft.

Danksagung

Ich möchte gerne allen Menschen danken, die mir bei der Entstehung meines Buches geholfen haben. Ein besonderer Dank gilt meiner Frau Judith, die mir mit ihrer Geduld und Unterstützung zur Seite stand. Ohne sie hätte ich dieses Projekt nicht verwirklichen können.

Ein herzliches Dankeschön geht auch an meine Freunde RimokEsdkrans und DiiPlana von D&D. Durch unsere gemeinsamen Rollenspielsitzungen haben sie mir stets neue Ideen und Inspiration geliefert, die meine Geschichte bereichert haben.

Des Weiteren möchte ich mich bei Papyrus ®© R.O.M. Logicware bedanken. Durch ihr Programm wurde mir das Schreiben und Lektorieren meines Buches ermöglicht. Ihre Tools haben mir geholfen, den Text zu strukturieren und zu verbessern.

Schließlich möchte ich ChatGPT meinen Dank aussprechen. Mit seiner Unterstützung beim Lektorat konnte ich die Sätze umformulieren und den Text noch präziser gestalten.

Ohne das Engagement und die Hilfe dieser Menschen wäre mein Buch nicht das geworden, was es ist. Ich bin dankbar für ihre Unterstützung und freue mich, dass sie ein Teil dieses Projekts waren.

Markus Zemke

Blöde Fragen
—
Blöde Antworten

ISBN E-Book: 9783738638424
Produkt: BoD E-Short
BoD-Nr. 1163704
Lieferbar seit 01.09.2015

Markus Zemke

Magische

Liebe

mit

Eine zauberhafte **Todesfolge**
Liebesgeschchte

ISBN Taschenbuch: 9783739208329
ISBN E-Book: 9783739299884
Produkt BoD Classic
BoD-Nr. 1167002
Lieferbar seit 11.11.2015

ISBN Taschenbuch: 9783752824964
ISBN E-Book: 9783751925396
Produkt BoD Classic
BoD-Nr. 1451250
Lieferbar seit 01.05.2020